세상에는 78억 명의 사람이 있고
그렇기에 78억 개의 답이 있다.
단 하나뿐인 당신만의 답을 정하길 바라며

유달리

나다운 건 내가 정한다

나다운 건 내가 정한다

1판 1쇄 발행 2020년 3월 9일

글·그림　유달리
펴 낸 이　신혜경
펴 낸 곳　마음의숲

대　　표　권대웅
편　　집　전태영 채수희
디 자 인　임정현 박기연
마 케 팅　노근수 허경아

출판등록　2006년 8월 1일(제2006-000159호)
주　　소　서울특별시 마포구 와우산로30길 36 마음의숲빌딩(창전동 6-32)
전　　화　(02) 322-3164~5 팩스 (02) 322-3166
이 메 일　maumsup@naver.com
인스타그램　instagram.com/maumsup
용지 신승지류유통(주) 인쇄·제본 (주)에이치이피

＊이 도서의 국립중앙도서관 출판예정도서목록(CIP)은 서지정보유통지원시스템 홈페이지(http://seoji.nl.go.kr)와
　국가자료종합목록 구축시스템(http://kolis-net.nl.go.kr)에서 이용하실 수 있습니다.
　(CIP제어번호 : CIP2020007043)

나다운 건
내가 정한다

글·그림 유달리

마음의숲

"내가 누군지는 내가 정한다 I decide who I am"

- 영화 〈보헤미안 랩소디〉 중 프레디 머큐리의 말

흔하게 넘쳐나는 약발 없는 조언 중에 정작 내게 맞는 처방은 하나도 없었다.

'실패가 성공의 어머니라고? 그러면 우선 실패라는 어머니의 가혹한 양육 방법부터 바꿔야지.' '젊어서 고생은 사서도 한다고? 고생을 팔아먹는 엉터리 판매처는 한국소비자원에 신고하는 게 맞는 거 같은데?'

왜 자꾸 세상은 저런 말을 위로랍시고 건네는지 모르겠다. 그때부터 나는 내게 맞는 약을 셀프로 지어 먹어야겠다고 다짐했다.

과거의 나는 쉽게 우울해 했고, 우울은 내 의욕을 잡아먹으며 몸집을 키웠다. 그맘때 내가 제일 불신하던 건 다름 아닌 나 자신이었다. 얼마나 심각했는지, 점심 메뉴조차 결정하지 못했다. '점심을 먹긴 해야겠는데, 제육 덮밥으로 할지 순댓국으로 할지 정하는 것조차도 나한테는 맡기면 안 돼. 도저히 내 선택을 믿을 수가 없거든.' 그날 나는 점심을 잃고 취향도 잃었으며, 내 인생에서 '나'도 잃었다. 그 상황이 괜찮았으면 그대로 있었겠지만 나는 어떻게는 극복하고 싶었고 글을 하나둘 짓기 시작했다. 쌓인 이 글들이 내 처방전이 될 줄이야.

다행히 내가 만든 약은 효과가 있었는지, 바뀐 나를 보며 사람들은 "요즘 너답지 않아. 원래 이렇지 않았잖아"라고 말한다. 그렇지. 그런데 너희가 알고 있는 '나'는 내가 아니더라고. 예전에는 듣기 싫은 말도 좀 듣고 살아야 한다는 네 엉터리 조언을 그대로 담아 들었으니, 부모님이 준 양쪽의 귀 중에서 한쪽만 쓰고 살아온 셈이지. 하지만 이제 나는 몇 십 년 만에 내 양쪽 귀를 온전히 사용하는 중이다. 한 귀로 듣고 한 귀로 흘리면서.

이 책은 나를 내가 아닌 사람으로 만들려 했던 이들을 향한 선언이며, 나다운 걸 정하지 못한 사람들을 위한 응원이다. 그러니 이 책이 당신을 당신답게 살아가게 하는 데 조금이라도 보탬이 되기를 바라며. 세상의 모든 '나'들이여, 나를 만들 레시피는 신에게조차 맡기지 말자. 나다운 걸 정하는 일은 오로지 나만 할 수 있고, 그래야만 하는 것이니까.

차례

1장
★
정답은
내가 정한다

너 하고 싶은 대로 해!

○

학기 초에 받는 가정통신문에서 학년이 올라가도 변하지 않는 칸이 하나 있다. 바로 '장래 진로 희망' 칸이다. 이 칸은 '학생'이 원하는 장래 희망과 '학부모'가 원하는 장래 희망, 두 가지로 나뉜다. 어릴 때는 이 칸 때문에, 종이 한 장을 사이에 두고 마주 앉은 엄마의 눈치를 봤었다. 이유는 엄마와 내가 적은 내용이 너무 달랐기 때문이었다.

나는 작가, 소설가, 만화가를 적었고, 엄마는 의사, 교사, 변호사를 적었다. 딱 봐도 '가'와 '사'는 멀어도 너무 먼 사이다. 엄마는 내가 어려서, 아직은 뭘 몰라서 그런 거라 했다. 세상에는 너보다 글 잘 쓰고 그림 잘 그리는 사람이 천지에 널렸단다. 그 직업들은 수익이 안정적이지 않아서 분명 나중에 후회할 거라고 했다. 틀린 말은 아니었다. 그녀의 인생에선 '가'보다 '사'가 좋았을지도 모른다. 나는 고개를 끄덕이며 학생이 원하는 장래 희망 칸에 깜빡하고 빼먹은 하나를 더 적어 내려갔다. 화가. 아무래도 나는 '사'보단 '가'가 좋았다.

남이 시킨 대로 산다는 건, 내 미래를 과거에 맡기는 것이나 마찬가지다. 타인은 '과거'의 경험을 토대로 아쉬웠거나 좋았던 점을 조언해 주고, 나는 그 '과거'를 바탕으로 '미래'를 살아가게 되기 때문이다. 앞날을 모르는 건 남도 나도 마찬가지인데, 과연 '타인의 지난날'이 내게 도움이 될까? 험난한 이 세상에서 남의 '과거'만 뒤쫓다 자빠지면 누구에게 책임을 물을 것인가.

그럼에도 어른들은 어린 나에게 제 말만 들으면 자다가도 떡이 생길 거라고 했다. 연륜이 쌓인 사람들은 젊은 시절에 겪은 실수를 반복하지 않으며, 네가 하는 고민은 나도 해봤기 때문에 답을 이미 알고 있다고 했다. 그러니 시키는 대로 하라고. 하지만 이런 말을 해 주는 그의 인생도 겨우 1회 차에 불과하다. 백번 양보해 그가 인생 9회 차래도 마찬가지다. 9회 차를 잘 살았다고 10회까지 완벽하게 살 거라고 누가 보장할 수 있겠는가. 10회 차든 100회 차든, 새로운 생 앞에선 우리 모두 '인생알못'들이다.

그러니 남의 선택을 과신하지도, 나의 선택을 불신하지도 말자. 'A'와 'B' 사이에서, '가'와 '사' 사이에서 무엇이 더 나을지는 아무도 알 수 없다. 다만 우리가 알 수 있는 건 내가 무엇을 원하는가, 그것 하나뿐이다.

그건 그렇고, 자기 말대로 하라던 그 사람들은 지금 안녕하신가?

더 나은
내일을 위해
대충 보내는
오늘이 있다

'어제보다 나은 오늘을 살아라.'

정말 많이 들어본 이 말은 아무래도 잘못됐다. 이 문구가 내 삶에 들어오고부터 어제와 비슷한 오늘을 보낼 때마다 나 자신과의 경쟁에서 항상 지는 기분이 든다. 우리가 어제보다 더 나은 오늘만을 살아야 한다면 인류 멸망의 이유는 과로사가 될 것이다. 생의 마지막 날조차도 어제의 나를 이겨야 한다며 아득바득 살아갈 것이 분명하기 때문이다.

오늘의 나　　　　내일의 나

오늘 힘들면, 내일과 힘을 합쳐 봅시다.

사람은 기계가 아니라 근육으로 이루어진 생명체이기에 적절한 휴식 없이는 살 수가 없다. 그리고 근육은 손상과 회복을 반복하며 몸에 자리 잡히기 때문에, 쉬지 않고 운동하는 것보단 사이사이에 휴식할 시간을 주어야 더 단단해진다. 마음 또한 근육과 같다. 열심히 노력한 날들을 보냈다면 어떻게든 쉬어 줘야 한다. 그래야 지치지 않고 꾸준히 성장할 수 있다.

몸은 힘들면 신호를 보낸다. 몸살이나 감기, 그 어떤 형태로든 찾아와 우리를 일로부터 멀찍이 떼어 놓으려고 한다. 이럴 땐 우리도 어느 정도 회복이 필요하단 걸 알기에 쉬는 게 딱히 불편하진 않다. 그런데 마음을 쉰다는 건 참 어색하게 느껴진다. 사실 많은 사람이 신경 쓰지 않는 부분이기도 하고, 심지어는 자기 마음이 쉬어야 하는 상태인지 모른 채 그냥 넘어가는 경우도 허다하다. 마음은 몸과 달리 전조 증상이 거의 없어서 괜찮은 듯 보이다가도 어느 순간 한번에 '펑'하고 터져 버린다. 그래서 신체의 피로만큼 마음의 피로를 주기적으로 풀어줄 필요가 있다.

마음을 쉬는 법은 생각보다 간단하다. 해야 할 일에 대한 생각은 잠시라도 버려 보는 것이다. 일과는 전혀 상관없는 취미 활동을 하거나, 몸이라도 쉬면서 나 자신을 쾌적한 방 안에 뉘어도 좋다.

완전히 다른 활동에 몰입하여 충분히 쉬고 온 다음 일을 바라볼 때면, 이전에 떠오르지 않던 기발한 아이디어가 샘솟을지도 모른다. 안 떠오르면 어떡하냐고? 어차피 지금 전전긍긍해도 아무것도 떠오르지 않는걸? 그렇다면 오늘의 에너지라도 아껴서 내일의 나에게 주는 게 맞다. 오늘의 고민과 함께 방전된 배터리까지 내일로 떠넘긴다면, 내일의 나는 이럴 거면 차라리 잠이라도 푹 자지 그랬냐며 쌍욕을 퍼부을지도 모른다.

아무리 잘 치는 타자도 매번 홈런만 칠 수는 없다. 투 스트라이크는 아웃이 아니지만, 마음이 지치면 뭘 해 보기도 전에 번아웃이 온다. 그렇기에 오늘 하루가 엉망으로 꼬인 기분이 든다면 자책하지 말고 그냥 편히 쉬어 보자. 오늘의 당신이 누워서 아무것도 하지 않았다면 당신에게 그런 하루가 꼭 필요했던 셈 치자. 남하고 경쟁하기도 힘든데 나하고 경쟁할 필요가 있을까. 가끔 우리 생에는 더 나은 내일을 위해 대충 보내는 오늘도 있어야 하는 법이다.

악착같이 일할 생각 하지 말고 그냥 쉬자. 놀면 어때. 내가 선택한 건데. 이러다가 내일 할 일이 기막히게 정리될지도 모르지.

우리 인생은 오지선다형이 아니잖아?

"이거 답 3번이지?"

"아냐. 너 빼고 다 5번 했어."

학창 시절, 50분 시험이 끝날 때마다 쉬는 시간에 친구들과 답을 미리 맞혀 보았다. 정답이 나오지 않은 그 상황에서는 다수가 선택한 게 곧 답이 됐다. 진짜 답은 모든 시험이 끝나야 나온다는 걸 알면서도, 주변과 다른 답을 선택했을 때의 실망감은 감출 수가 없었다. 시험이 끝나면 낙담한 얼굴로 진짜 답안지와 내 시험지를 비교해봤다. 모두 답이 5번이라고 해서 빨간 색연필로 찌익 사선을 그어 놓은 문제의 정답이 실은 3번이었을 때, 나는 기분 좋은 미소를 지으며 반쪽짜리 동그라미를 그렸다.

만약 이 시험을 혼자 보는 게 아니라면 어땠을까. 대화 없이 다른 사람들의 답안을 보여 주고 답을 바꿀 기회를 줬다면 나는 그래도 3번을 선택했을까? 아마 그러기는 어려웠을 것이다. 많은 사람에게 답안지를 보여 줘야 할 경우엔 더 그렇다. 나의 풀이와 해답보다 주변의 답에 눈을 돌리게 된다. 수많은 5번 사이에서 3번을 선택한다는 건 용기가 필요한 일이다. 그냥 많은 사람이 선택한 답. 그 이상의 의미가 없다는 걸 알면서도 우리는 눈치를 본다.

종종 중요한 결정을 할 때 내 답과는 다른 다수의 답을 따르곤 한다. 그렇게 내 의지로 고르지 못한 선택지는 '혹시 그게 답이지 않았을까'하는 미련으로 남게 된다. 해 보면 '별것 아니었네' 할 수 있는 일도 해 보지 않아서 별거였는지 아니었는지 알 수가 없다. 그러다 결국엔 '그때 걔 말을 듣지 말았어야 해'라고 후회하며 책임을 남에게 떠넘긴다. 그렇게 나를 움직이게 하는 것도 남, 책임을 묻는 것도 남이라면 그게 어떻게 내 인생이 될 수 있는가? 자신의 선택을 마음껏 후회하는 것 또한 온전히 자기 뜻대로 결정한 사람만의 특별한 권리다.

영화 〈기생충〉의 봉준호 감독도 아카데미 수상 소감에서 마틴 스코세이지의 말을 빌려 이렇게 말하지 않았던가. "가장 개인적인 것이 가장 창조적이다." 봉준호 감독 역시 '나다움'을 발휘해서 자신만의 창조적인 정답을, 세계의 환호를 받는 작품을 만들었다. 결국 내 삶에 어떤 것을 오답으로 매기고, 어떤 것을 정답으로 매길지는 나만이 판단할 수 있는 문제다. 누군가 '그건 틀렸어'라고 말하더라도 내가 선택한 답에 동그라미를 칠 수 있는 용기를 가지는 것. 그것이 바로 나라는 인생을 만점으로 졸업하는 방법이 아닐까.

화초가 아닌,
인간을 키우는 법

서울의 단칸방에서 자취할 때 내 집은 온통 회색이었다. 벽지도, 침구도, 암막 커튼까지! 이러니 안 그래도 먼지가 쌓여 퀴퀴한 공간이 더 암울해 보였다. 그래, 이 집은 초록이 필요해!

하지만 나는 식물을 길러본 적이 없고, 이런 어두운 방에서 곰팡이 말고 다른 게 자랄 수 있을지도 의문이었다. 그래도 굳이 키우자면 유난스럽지 않고 좁아터진 방구석에서도 잘 자라는, 작은 것이었으면 했다. 자주 손이 가지 않아도 되는, 그냥 이 집의 소품으로

적합한 것. 그러다가 이런 글을 보았다.

'화초를 자주 죽이는 사람들을 위한 실내용 화초'

자주 죽이는 사람들을 위한? 나 같은 사람을 제대로 저격하는 말이었다. 집에 자주 들어오지 않는 사람을 위한 화초, 집이 아주 어둡다면 햇빛이 별로 필요 없는 화초 등을 소개하며 글쓴이는 입문자에게 '키우는 재미'를 화초에서 찾아보라고 말했다. 그러면서 아이러니하게도 '물을 자주 주지 않아도 된다'거나 '집에 빛이 들지 않아도 된다' 같은, 키우는 것과 거리가 멀어 보이는 장점들을 어필했다. 거기 놓인 온갖 초록들을 보며 "나도 이 중에서 아무거나 골라야겠다"라고 중얼거리는데, 갑자기 이런 생각이 들었다.

'이렇게 기르면 화초는 사는 걸까, 아니면 견디는 걸까.'

화초는 기르는 사람에게 언성을 높이며 따지거나 투덜거리지 않는다. 죽지 않고 묵묵히 잘 견디는 착한 화초들은 '기특하니까 더 좋은 환경을 줄게'가 아닌 '그래? 이것도 견딜 수 있어? 그럼 퀴퀴하고 눅눅한 곳에서 살아'라는 소리를 들으며 언제나 최악의 환경에 놓인다.

우리 사는 세상도 별반 다를 게 없다. 도대체 우리는 언제까지 참아야 할까. 아니, 누구를 위해 참고 있는 걸까? 분명 내가 잘되자고 하는 건데, 가끔은 남을 위해 버티는 기분이 든다. 대부분은 오늘의 할 말을 내일로 미루며 묵묵하고 무던하게, 군말하지 않고 살아왔다. 그런데 그럴수록 더 볕 들지 않는 곳으로 밀려나는 기분이랄까.

아무것도 견디지 않는 사람은 문제가 있다. 그런데, 아무거나 견디는 사람도 문제는 있다. 뿌리에 발이 달리지 않아서 뛰쳐나갈 수 없는 화초야 억울해도 묵묵히 한 자리에서 참고 산다지만, 입 달리고 발 달린 우리까지 그래서야 쓰겠는가. 주변에서는 당신에게 무리한 부탁을 요구하며 '원래 다 그런 거야'라고 말할지도 모른다. 하지만 어떤 것이든 '원래 다 그런 일'은 없다. 다수가 불평하지 않고 꾹 참으니 힘든 일이 당연하게 된 것이다. 그러니 세상이 그대를 속인다면 슬퍼하거나 분노해야 하는 게 정상이다. 누구나 남을 위해서가 아니라 나를 위해 살아가고 싶은 법이니까.

뽑아도 다시 자라고, 자꾸 못 살게 해도 견디면 잡초인 줄 안다. 이제는 당당하게 온실 속 화초로 살아 보자. 언제 올지 모르는 따뜻한 햇살과 시원한 비를 기다릴 바엔, 나를 위해 튼튼한 온실을 짓자. 일단 나만의 온실을 짓고 나면 세상의 유해한 것들로부터 나를 보호할 수 있다. 온실을 잘 관리하는 것만으로도 마음의 면역력은 무럭무럭 자라는 것이다. 그게 바로 화초, 아니 인간을 키우는 법이다.

난 나야

"난 최고야. 난 멋져. 난 아름다워. 난 사랑스러워."

살다 보면 나를 위로하고자 이런 말을 억지로 할 때가 있다. 하지만 자존감이 바닥을 친 상태에서는 어떤 말이든 아니꼽게만 들린다. 자존감을 높이는 가장 쉬운 방법이 말로 나를 존중하는 거라는데, 스스로가 그렇게 느끼지 않으면 아무런 소용이 없다. 그러니 나를 남들과 비교하지 않으며 인정할 수 있는 말이 필요하다.

"난 나야."

똑떨어지는 이 세 음절 속에는 분명 엄청난 에너지가 들어 있다. 한번 아랫배에 힘을 주고 힘껏(묵음으로) 외쳐 보자. "난 나야." 외에도 "관심 꺼, 해도 내가 해!" 정도를 추가해도 좋겠다. 악센트는 물론이고, 혼자 이 말을 내뱉을 때 묘하게 솟아나는 자신감이 있다. 자신감이 생기면 그 어떤 시련이나 비난, 상처 따위도 가뿐히 이겨낼 수 있다. 자존감을 높이는 방법 중 가장 쉬운 게 바로 '나를 인정하는 말'을 해 주는 게 아닐까.

내가 아는 선배는 힘들 때마다 욕을 했다. 그건 자신을 위한 일종의 처방전이었다. 선배가 취직을 하기 위해 이력서를 들고 여러 회사를 전전할 때, 수많은 면접을 보아도 떨어지고 또 떨어졌단다. 어느 날 면접을 보러 간 회사의 대표가 이것도 이력이냐고, 이런 것을 들고 어디 면접을 보러 다니냐고 핀잔을 줬다고 했다. 선배는 회사를 나오며 눈물을 흘리다 말고 이렇게 욕을 했다. "X바."

그때 선배는 갑자기 배에 힘이 들어가면서 자신감이 생기는 것 같았다고 한다. 그 후로 선배는 계속 수없이 면접을 본 끝에 마침내 자신의 이력을 인정하는 회사에서 일할 수 있었다. 험난한 직장 생활을 겪으며 또 얼마나 많은 욕을 했을지 어림잡을 수도 없다. 한 가지 확실한 건 선배가 단전에서부터 내뱉은 그 무수한 욕이, 팍팍한 직장생활을 버티게 하는 힘이 되어줬다는 사실이다. 나를 인정하는 말을 스스로에게 하기가 어색하고 어렵다면, 내 감정을 솔직하게 인정하는 것부터 시작하자. "난 나야"라고 외치는 게 약하다 싶은 사람에게도 강력 추천한다.

자멸감스스로 멸시하는 생각이나 마음은 우리를 괴롭히는 일종의 유행병이다. 이 자멸감은 잠잠하다가도 어떤 상황에 닥치면 유행처럼 번져 마음을 시름시름 앓게 만든다. 그 원인은 단순하다. 세상에 뿌리박힌 수많은 편견 때문이다. 편견이란 바이러스로 득시글거리는 세상은 언제나 나를 아프게 한다. 그때마다 나를 다독이고 회복시켜 주는 약을 스스로 처방해야 한다. 그 약은 약국에도, 백화점에도, 인터넷에도 없다. 약사에게도, 부모님에게도, 스승님에게도 구할 수 없다. 오직 나만이 처방할 수 있는 약이다. 내 마음에 대한 처방은 셀프. 스스로 지어 먹어야 한다.

〈나답게 살기 위한, 인생 세 줄 처방전〉
1. 내가 평생 소유할 수 있는 건 나뿐이다.
2. 내 감정을 남에게 강요하지 말되 의심하지도 말자.
3. 남의 말은 한 번쯤 의심도 해 보자.

나만을 위한
마음 레시피

'지피지기면 백전백승', 적을 알고 나를 알면 100번 싸워서 100번 이긴다. 《손자병법》에서 유래되어 이순신의 《난중일기》에도 등장하는 이 고사성어는 지금도 계속 쓰이며, 시대에 상관없이 인생을 관통하는 말로 자리 잡혔다. 그러니 충분히 뜯어보고 곱씹어 볼 만한 말이다.

우리는 항상 남의 전력을 파악하는 데는 눈에 불을 켜고 달려든다. 이전에 성공했던 사람의 경험담, 나와 경쟁하는 사람들의 스펙. 즉 '남을 잘 알아야 한다'는 지피知彼의 메시지는 무리 없이 실천 중이다. 그런데 지기知己. 즉 '나를 잘 알아야 한다'는 명제엔 소홀한 경우가 많다. 사실 지피지기에서 '지피'보다 더 중요한 것이 바로 '지기'다. '지피'만 실천한다면, 남을 알아도 나를 모른다면 그 결과는 백전백패일 테니까. 결국 '지기'를 실천하기 위해서는 무엇보다 먼저 나만의 '마음 레시피'를 만들 필요가 있다.

건강한 마음 레시피의 기본, 내 입맛을 먼저 파악하자. 무슨 맛을 좋아하는지 모르는 채로 맛있는 요리는 만들 수 없다. 나의 본성을 잘 파악하여 내가 언제 기쁘고 슬픈지, 언제 분노하고 즐거운지 안다면, 그만큼 내 감정을 잘 다스릴 수 있을 것이다. 긍정적인 감정을 부르는 상황을 찾아 나서든지, 부정적인 감정을 일으키는 상황을 피하든지 하면서 감정을 선택하는 힘이 생기게 된다. 내가 처한 상황을 통제하는 것도 내가 해야만 하는 일이므로.

다음은 내가 가진 재료를 파악해야 한다. 스리라차 소스를 넣어 매운맛이 잔뜩 나는 음식을 만들고 싶어도, 나의 냉장고에는 고추장, 마늘, 고춧가루밖에 없을지도 모른다. 하지만 좌절할 필요는 없다. 그냥 가진 대로 만들면 된다. 매운맛을 포기하기보단 내가 가진 대체재를 넣어 다른 맛을 내자. 재료의 파악은 내 역량을

신이 나를 만들 때

이제는 내가 나를 만들 때!

나다운 건 내가 정해야지!

파악하는 것이고, 특별한 역량이 없다고 해서 요리 자체를 못 하는 건 아니다. 다른 역량이 충분히 그 자리를 대체할 수 있다.

그 뒤에는 레시피의 정량과 요리 순서를 정해야 한다. 정량을 넘어서는 재료는 과감히 덜어 내자. 내가 정말 이 정도의 양을 할 수 있는지, 혹여 시련이 오더라도 포기하지 않고 나아갈 수 있을지 고민해 본다. 업무든, 인간관계든 당장 무겁고 부담스럽게 느껴진다면 정량을 초과한 것이니 버려도 좋다. 그다음은 나만의 진행 순서를 정하여 성급하거나 느리지 않게, 나만의 속도로 설익거나 타버리지 않도록 요리를 해 나가면 된다.

마지막으로 기억해야 할 점은 이 모든 과정이 '나만의' 것이니 무엇을 하든 내 마음에 들게끔, 즐겁게 하자. 당신의 식탁에 고든 램지나 미슐랭 가이드를 초대할 필요는 없으니까. (혹시 오더라도 그대로 돌려보내자.) 그대의 손맛을 믿고, 당신만의 레시피를 따르다 보면 어느덧 건강하고 당당한 당신의 마음이 완성되어 있을 것이다.

내가 키우는 나,
나만의 온실 만들기

'온실 속 화초' 하면 어떤 생각이 드는가? 오냐오냐 키우는 부모님 밑에서 곱고 귀하게만 자라서 아무것도 할 줄 모르는 사람? 관심과 세심한 배려가 필요한 연약한 사람? 나 또한 당연히 그렇게 생각해 왔었다. 그리고 TV에 나오는, 또는 살면서 마주치는 이른바 '부티나고 순진한 사람들'을 '온실 속 화초'라 여기며 배 아파한 적도 많았다.

하지만 팍팍한 삶에 치이고, 쳇바퀴 구르듯 굴러가는 나 자신을 보면서 '온실 속 화초'들이 점점 다르게 보이기 시작했다. 과연 온실 속 화초는 나쁘기만 한가? 곰곰이 생각해 보니 별로 그런 것 같지는 않은데. 내가 한창 사회의 풍파에 휩쓸려 홀딱 젖어 있을 때 손가락질받는 저 '온실 속 화초'들은 따뜻하고 완벽한 환경에서 제때 물을 공급받으며, 심지어 영양제까지 듬뿍 맞아 가면서 행복하고 건강하게 크고 있었다. 그때 어쩌면 '온실 속 화초'를 보면서 느꼈던 복통의 원인은 '부러움'일 수도 있겠다는 생각이 들었다. 나 역시 거친 세상으로부터 안전한 '온실 속 화초'가 되고 싶었던 것이다. 그런데 가장 큰 문제, 돈도 없고 백도 없는 나는 도대체 어디서 온실을 구할 것인가. 별수 있나. 직접 지어야지.

　나를 온실 속 화초로 키우기 위한 첫 번째 할 일. 화초에 알맞은 기온과 습도를 제공하기. 나 자신을 세상의 거친 비바람으로부터 지키기 위해 유리벽부터 세우기로 한다. 비바람만 막아도 내부 기온은 한층 따뜻해지며, 습도의 조절 또한 가능해지니까. 그러니 지금은 주변에 휘둘리지 않는 기준이 되어 주고, 세상을 이해하는 밑바탕인 당신만의 '줏대'를 세울 때다. 이 '줏대'란 시끄러운 세상으로부터 나를 지키며, 편하게 휴식할 수 있는 환경이다. 여긴 마냥 안락한 공간만은 아니다. 내 '줏대'를 세우는 일은 주변 사람의 반발에 종종 부딪히곤 하니까. 비록 첫 단계부터 순탄치 않겠지만,

꽃을 피우냐 마냐 하는 건 결국 적절한 주위 환경에 달려 있다. 나를 만개시킬 수도 있는데 이 정도 투자야 수지맞는 일이지.

　두 번째, 나를 키우는 물과 햇빛 적극적으로 받아들이기. 내가 행복하게 살기 위해서는 근본적인 욕구를 채울 물(질)이 필요한 법이다. '사는 게 사는 게 아니야'라는 말도 있듯, 인간은 물질적인 요소만 충족된다고 해서 행복할 수 없다. 햇볕처럼 따뜻한 주변 사람의 관심 역시 필요하다. 하지만 여기서 주의할 점. '과유불급'이라는 말을 늘 염두에 두어야 한다. 물이 지나치게 많으면 뿌리가 썩고, 햇빛이 너무 강하면 잎은 누렇게 말라 버린다. 종종 흙을 말리고 커튼을 쳐 두는 시간이 필요한 이유다. 물질과 관계에 중독되지 않도록 조심할 것.

　세 번째, 나를 위한 정성이다. 온실을 지어 놓은 뒤 햇빛이 알아서 들어오고 스프링클러를 통해 물이 적당히 공급된다 하더라도, 자주 들르지 않고 관심을 기울이지 않으면 어느새 시들어 버린 화초만 남는다. 내가 나를 사랑하고 아끼지 않으면, 온실을 짓고 물을 주는 모든 노력이 헛수고나 마찬가지다. 주변 사람과의 관계가 원만하고, 경제적으로 풍족한 수많은 사람이 우울한 이유도 여기에 있다. 나를 돌보는 사람이 아무도 없다고 생각하기 전에, 나라

나를 키우는 훌륭한 정원사, '나'.

도 나를 지켜봐 주자. 자기 전 거울을 마주하면서 오늘 하루 감사했던 일은 무엇이었는지 생각해 보자. 오늘 날씨가 생각보다 따뜻해서 감사했다든지, 길을 걷다 마주친 고양이가 너무 귀여워서 감사했다든지. 아주 사소한 것이라도 좋다. 감사한 일을 떠올릴 때마다, 기분 좋은 웃음을 짓고 있는 당신을 발견할 수 있을 것이다. 그게 바로 당신을 위한 정성이다.

오늘부터 천천히 당신을 위한 온실을 짓기 시작해 보는 건 어떨까. 안락한 환경, 적당한 물(질)과 관계, 자신에게 쏟은 정성이 모여 당신이라는 화초를 무럭무럭 키울 것이다. 여유를 갖고 기다리시길. 시간이 흘러 당신을 이루는 마디마다 아름답게 피어난 꽃을 본 사람들이, 당신의 온실을 구경하기 위해 줄을 설지도 모르는 일이니.

칼을 뽑았다
다시 집어넣으면
얼마나 평화롭게요

"사내대장부가 칼을 뽑았으면 무라도 썰어야지."

나는 이 말이 싫다. 무 '라도' 썰어야 한다니, 사내대장부께서 썰어 버리고 싶었던 게 대체 무엇이길래 그러실까. 총체적으로 미친 소리지만 그중에서 제일 싫은 건 저 말을 한 사람이 칼 뽑은 사람에게 주는 압박감이다. 칼을 뽑아서 도로 칼집에 넣을 수도 있는 건데, 꼭 뭔가 해야 할 것만 같은 부담을 지워 주니까.

"한 번 사는 삶! 뭐라도 이루고 죽어야지!"

그런 의미에서 이 말도 싫다. 여기서 말하는 '뭐'는 남들의 보편적인 기준으로 정해졌을 가능성이 높으니까. 왜 인간이라는 동물만 삶의 목적을 찾으려고 할까. 100년의 수명이 너무 길고 무료해서? 그럼 300년을 넘게 사는 거북이는 심심해서 어떻게 사는가.

동물의 삶의 목적은 간단하다. 바로 '생명 유지'다. 남의 생명 유지가 아니라 자신의 생명 유지. 한 생을 오로지 자기의 목숨을 위해 쓴다.

삶의 목적은 알고 보면 꽤 간단하다. 조금 더 오래 사는 것. 그리고 나를 위한 삶을 사는 것. 그 이외의 것은 없다. 인생에서 따로 부수적인 퀘스트를 달성할 필요 없이 대전제만 따르면 된다. 서브 퀘스트 좀 깨겠다고 메인 퀘스트를 버려두는 멍청한 일은 잠시 접어두자. 그러면 타인이 당신에게 기대하는 '장래 희망' 따위를 억지로 채워 넣지 않아도 되고, '목표' 같은 것도 허상이 된다. 그냥 누군가 뭐가 되고 싶냐고 묻는다면

"살고 싶어요!"

Q. 장래 희망이 무엇인가요?

저는 그냥 내가 되는 게
꿈이에요.

요즘은 내가 되는 게 제일 힘들더라고요.

이렇게 답하는 게 거창한 인생 계획을 읊는 것보다 더 통쾌하지 않을까? 아무렇게나 살자는 말이 아니다. 주변에서 강요한, '꿈'이란 단어로 포장된 '타인의 기대'에 집착하지 않아도 된다는 말이다. 생물의 대전제, 즉 '살아가는 것' 앞에서 꿈이란 있어도 그만 없어도 그만이다. 그저 메인 퀘스트인 나의 삶에만 집중하자. 하고 싶은 일이 있다면 움직이게 될 것이고, 배우고 싶은 게 있다면 시간을 내게 될 것이다. 우리를 움직이는 것은 만들어진 꿈이 아니라 나 자신을 위하는 삶 그 자체다. 한 번 사는 삶! 남이 기대하는 '뭐'는 이루지 않아도 된다.

남들의 평가는
새털같이 가볍더라

별별 이름을 앞세운 대회가 열리는 걸 볼 때마다 나는 항상 대회의 심사 기준이 궁금했다. 그러다가 큰 규모의 그림 대회에서 도우미로 아르바이트를 할 기회가 생겼다. 단순히 심사 위원을 돕는 자리였지만, '혹시 내가 그들의 안목을 엿볼 수 있진 않을까' 하는 마음에 은근살짝 설레기도 했다. 과연 심사에 있어서 보편타당한 기준은 무엇일까. 명색이 심사 위원인데 남들이 보지 못한 가능성을 보고 참가자의 노력에 대한 보상을 내리지 않을까?

심사는 오랜 시간 동안 진행됐고 나는 심사 위원의 뒤를 졸졸 쫓아다니며 작품을 주워 담았다. 봤던 것을 보고 또 보고 질릴 때까지 보다가 그가 '저거'라고 가리킨 그림을 냅다 뛰어서 집어 왔다. '저거'란 선택받은 작품이었다. 그러다 갑자기 심사 위원이 어떤 작품 앞에 멈춰 서서 내게 물었다.

"자네, 저건 어떻게 생각하나?"
"네?"
"담을까, 놓을까?"
"잘 모르겠습니다."
"편하게 말해 봐. 어차피 하나 더 뽑아야 하니까."

편하게 말할 수 있을 리가 없었다. 내가 들고 있는 작품은 통, 바닥에 깔린 것은 불통. 내 한마디가 바닥에 있는 결과물을 꼭대기로 끌어올릴 수도 있는 거잖아! 나는 한참을 어버버거리다가 최대한 중립적으로 말했다. 길게 늘어놓은 잡소리였지만, 결론은 '심사 위원인 네가 골라야지, 그걸 왜 나한테 묻냐'는 말이었다.

"도대체 뭘 뽑아야 할지 모르겠네."

긴 고민 끝에 그는 '저거'라는 계시를 내렸다. '이거요?' 나는 미심쩍은 물음과 함께 그것을 주워 들었다. 수상작에는 무언가 확실한 기준이 있을 거라 믿었다. 하지만 실상은 참가자의 노력과 운, 심사 위원의 알 수 없는 '저거'가 있을 뿐이었다.

노력은 반드시 보상받는가? 사실 스포트라이트는 소수에게만 돌아가고 나머지는 어두운 그늘 속으로 사라지곤 한다. 그런데도 우리는 숨 쉬듯이 남들과 경쟁을 한다. 합격과 불합격, 한 글자 차이로 누군가는 과거의 노력을 한 줌의 재로 날리고 현재의 일을 포기하거나 미래의 꿈을 접는다. 그리고 생각한다. 내가 이런 평가를 받은 것은 분명 납득할 만한 이유가 있어서일 거야. 타인은 나보다 객관적이니까. 이건 내 노력이 부족해서 그래. 아니, 그래야만 해!

하지만 타인은 정말 객관적일까? 공명정대하고 완벽한 기준을 가지고 있는가? 애초에 그 어디에도 객관적 평가란 없다. 누가 평가하든 반드시 주관은 들어간다. 그 분야 1인자의 평가도, 다수의 평가도 절대적으로 옳을 순 없다. 《해리 포터》를 쓴 J. K. 롤링은 열두 번의 출판 거절을 당했고, 월트 디즈니도 상상력과 좋은 아이디어가 부족하다는 평을 받았으며, 비틀스도 첫 오디션에서 기타 그룹은 한물갔다는 말을 들었다.

남의 평가는 새털같이 가볍다. 그러니 우리, 이렇게 날아가 버릴 것에 연연하지 말자. 누구나 우리를 쉽게 평가할 수 있다고 해서, 쉽게 상처받을 필요는 없다. 후회는 그대를 놓친 사람들의 몫으로 남겨 두어라. 당신의 묵직한 노력은 남들이 대충 평가하기에는 버거운 것이며, 그 자체로 충분히 가치 있는 일이다. 노력한 사실을 인정하는 것만으로도, 인정하는 사람이 당신 혼자뿐이라도 충분하니. 그러니까, 남 보란듯이 살 필요 없다는 말이다.

낭만은
내가 챙길 테니,
당신은 보수를 주세요

"넌 멋진 일로 보람도 얻고 좋겠다! 돈이랑 바꿀 수 없는 가치 있는 일이잖아."

오랜만에 만난 친구의 말에 나는 고개를 갸웃했다. 멋지고 가치 있는 일. 예술이 남의 눈에는 그렇게 보이는 걸까? 나는 머쓱하게 웃었다. 친구와 헤어지는 길, 곰곰이 생각해 봤다. 멋진 일과 멋지지 않은 일은 뭘까. 여러 일을 거친 끝에 다시 그림을 그리고 있지만, 이것도 먹고살려고 하는 일이다. 나는 누군가의 존경을 받거나 역사적으로 대단한 획을 긋기 위해 사는 게 아닌데, 창작이나 예술은 남들 눈에 그렇게 보이는 걸까. 좋은 말을 듣고도 괜히 텁텁하고 불편한 마음이 들었다.

집으로 가는 길에는 항상 조형대학 건물을 지나쳐야 했다. 늦은 시간이었지만, 조형예술학과가 있는 7층은 학생들의 야간작업으로 한낮같이 밝았다. 나는 잠시 멈춰 서서 밤에도 밝은 그 건물을 바라봤다. 낮에는 잘 보이지 않던 현수막 속의 문구가 밤이 되자 눈에 들어왔다. 명조체의 커다랗고 두꺼운 획이 작업실의 불빛으로 어둠 속에서도 한 자씩 힘주어 빛났다.

"예술가도 노동자다"

어두운 밤에 그 문장을 볼 수 있었던 건, 누군가 밤늦게까지 불을 켜 놓고 있기 때문이었다. 잠시 멈춰 글을 곱씹는데 친구의 별 의도 없는 칭찬이 왜 머쓱했는지 깨달았다. 보람이라느니, 멋지다느니 하는 말은 이전에 들어 본 적 없었다. 내가 했던 많은 일 중에서 예술만 꼭 정신적 가치가 대단한 듯 말하니까 어색했다. 뭐든지 돈을 벌려고 하는 일인데. 이것도 나에겐 그저 노동일 뿐인데. 돈과 바꿀 수 없는 가치라니 참 좋은 말이지만, 고맙지는 않은 말이었다. 씹을수록 영 씁쓸한 말이었다. 남의 눈에 멋지지 않아도 되니 그냥 일하는 만큼 받았으면 좋겠는데. 칭찬이 고래를 춤추게 할 수 있을지는 몰라도, 라면을 사 주지는 못하니까. '멋지다'라는 말만으로는 아무것도 살 수가 없으니까.

나는 미래의 노동자들이 밝혀 주는 문구를 뒤로하고 내일의 노동을 위해 집으로 걸어갔다. 예술가도 노동자다. 예술가도 노동자다. 그 말을 한참 곱씹었다. 차라리 멋지다는 칭찬보다 이 말이 더 와닿는 것 같아서.

일은 시키고 싶은데 페이는 주기 싫을 때 사람들은 돈 대신 보람만 쥐여준다.

'그 일은 험하고 네가 하는 것에 비해 돈은 적게 벌지만, 사회적인 가치가 어마어마해서 세상을 바꿀 거야. 비록 (네 월급의) 시작은 초라할지 몰라도 그 끝은 창대할 거야. 넌 내게 노하우를 배우고 있잖아? 이건 돈을 주고도 못할 경험이야. 어차피 네가 아니어도 쓸 사람은 수두룩하니까, 불만이면 네가 나가든지!'

이런 말들을 그들은 당연하게 지껄인다. 심지어 스스로를 선생

으로 우리는 학생으로 취급하면서 젊은이들에게 일이 아니라 위계를 가르치고, 언제 해도 힘든 도전을 청춘만이 누릴 수 있는 꿈과 낭만이라고 포장한다. 하지만 낭만으로는 식당에서 밥 한 끼도 얻어먹을 수가 없고 옷 한 벌도 사 입을 수가 없다. 겨우 '노오력'과 '열정'을 물리쳤더니 이제는 낭만으로 포장된 세상이 찾아왔다. 노력이든 열정이든 낭만이든. 나는 내가 원할 때 챙기겠다니까. 실컷 뼈 빠지게 일했더니 낭만 따위를 페이로 주는 건 무슨 경우인가?

경험이나 보람을 원했으면 애초에 봉사를 했을 것이다. 누구든 일을 시키기 전에 보수를 약속했으면 그걸 주는 게 맞다. 그러니 페이 앞에 열정이니 낭만이니, 쓰잘머리 없는 말을 붙여 미화시키진 말았으면. 어린아이도 속지 않을 거짓말을 천연덕스럽게 하는 사람을 믿기에는 다 큰 내가 너무 약았다. (아니면 그 사람이 약은 걸 수도.) 그런 사람에게 할 수 있는 말은 이것뿐이다.

"낭만은 내가 알아서 챙길 테니, 당신은 보수나 주세요."

나만의
고사리를
찾아 보자

러시아 사람들은 1950년대까지 고사리를 입에도 대지 않았다고 한다. 사할린으로 갔던 한인들은, 배고프다고 말하면서 산나물은 거들떠보지 않는 러시아인들을 보며 고개를 갸우뚱했다. '저 사람들은 멀쩡한 나물을 베어다 버리면서 왜 자꾸 먹을 게 없다고 말하는 걸까?' 그들이 고사리를 내다 버리는 이유는 간단했다. 먹는 것인지 몰랐으니까.

그들은 주변 한인들의 귀띔으로 저 바닥에 널린 것이 꽤 맛있는 먹거리라는 걸 알고 난 후에야 고사리를 먹기 시작했다. 그런데 만약 사할린에 한인들이 가지 않았다면, 누구도 고사리를 먹는 방법을 가르쳐 주지 않았다면 어땠을까? 고사리는 아직도 잡초 취급이나 받고 있었을 것이다. 과거에 서늘한 칼날 바람과 잔인한 구둣발에 짓밟혔을지라도, 고사리는 고사리였다. 그때라고 근본이 잡초였겠는가. 데쳐서 무쳐 먹어도 맛있고, 비빔밥에 비벼 먹으면 예술이며, 쇠고깃국에 넣어 먹으면 몇 그릇은 먹는 산나물이라는 사실은 그대로였다.

아이디어도 마찬가지다. 현실성 없어 보이는 아이디어가 세상에 필요한 일인지 아닌지는 지금 당장 알 수가 없다. 아직 사회가 그 재능의 가치를 모를 수도 있고, 정말 그게 보잘것없을 수도 있다. 하지만 스스로 이 일이 가치가 있다는 확신이 든다면, 남들이 잡초라 헐뜯어도 고사리라고 생각하는 뚝심이 필요하다.

그 유명한 스티브 잡스는 자퇴 후 듣게 된 서체 수업에서 세리프와 산세리프를 배웠고, 글자 간 여백과 글꼴이 가진 예술성에 빠지게 됐다. 그리고 10년 후, 서체에 대한 그의 모든 지식을 매킨토시에 적용하여 아름다운 서체를 가진 최초의 컴퓨터를 만들었다. 그는 스탠퍼드 졸업식 연설에서, 만약 그가 서체 수업을 듣지 않았다면 매킨토시만의 예술적인 타이포그래피는 세상에 나오지 않았을 거라는 말과 함께 그 순간을 '인생의 전환점'이라고 평했다. 그 서체는 스티브 잡스만이 알고 있었던 '고사리'였던 셈이다.

그런데 당시 서체 수업을 듣겠다는 잡스를 보며 '너 정말 잘 생각했다! 역시 개발자는 타이포그래피를 배워야지'라고 말한 사람이 있었을까? 정확히는 모르지만, 분명 '거 도움도 안 되는 것에 시간 낭비하지 말고 하던 거나 하지. 쟤는 왜 저렇게 현실감각이 없냐?'라고 생각한 사람은 있었을 것이다. 남들이 보기에 도움이 안 될 것 같은 당신의 도전이 후에 그대를 어디로 이끌어 나갈지는 아무도 모른다.

아직은 세상이 당신의 도전을 보며 1950년대의 러시아처럼 쌀쌀맞게 굴 수도 있다. 하지만 그대가 잡초가 아니라는 확신만 있으면 된다. 언젠가 당신의 아이디어와 도전이 사람들의 식탁에 오르는 날, 과거 당신을 힐난했던 많은 이들은 이렇게 말할 것이다. '내가 너 그걸로 먹고살 줄 알았다니까!'

식탁에 올라갈 준비가 된, 당신 주변에 널려 있을 고사리를 찾아 보시길.

※신경 끄세요! 동일 인물입니다.

길치의 특징:
아무도 모르는
명당을 찾음

다음은 길치들의 특징을 정리한 목록이다.

1. 지름길 말고 자기가 아는 길로 간다.

2. 낯선 곳에선 무조건 택시를 탄다.

3. 오른쪽, 왼쪽이 늘 헷갈린다.

4. 낮에 갔던 길을 밤에는 못 간다.

5. 지도를 봐도 길을 모른다.

6. 내 위치를 설명하지 못한다.

7. 길을 잃은 걸 알아도 멈추지 않는다.

전부 다 맞지는 않지만 나도 어느 정도는 해당한다. 일단 지도가 있어도 잘 볼 줄 모르고 몇 번을 왔던 길도 매번 낯설다. 길을 가다가 샛길로 많이 빠지는 편이며, 모르겠어도 일단 직진하고 본다. 앞으로만 가는 이유는 혹시나 잘못 가더라도 유턴하기만 하면 되기 때문이다.

그래도 같은 장소를 자주 가다 보면 여러 번의 경험으로 목적지까지 가는 다양한 루트를 발견할 수 있다. 자취방으로 이사 가던 첫날, 나는 부지런히 헤매다가 지하철역에서 집까지 가는 길을 최소 다섯 가지 알게 됐다. 모든 루트는 풍경과 소요 시간, 용도가 제각각 달랐다. 어떤 길은 경찰서가 있어 밤에 다니기 안전했고, 다른 길은 음료를 가져가기 좋은 카페와 공원이 있어서 아침에 이용했으며, 또 다른 길은 버스 정류장까지 가장 빨리 갈 수 있었다.

목적지까지 좀 헤맨다는 게 꼭 최악은 아니다. 지름길만 아는 사람보다 더 많은 풍경을 수집하거나 계속 걷다가 발견한 특별한 장소에 정착할 수도 있다. 생각해보면 우리는 항상 길을 잃어도 어딘가에는 도착하게 되어 있다. (물론 내가 의도한 장소는 아니지만.) 다행히 인생엔 친구와 만나기로 한 약속 장소가 없고, 삶의 목적지를 바꾼다고 뭐라 할 사람도 없다. 그렇다면 방황하는 건 길을

잃은 게 아니라 찾는 과정이 아닐까. 어쩌면 길을 잃은 모두는 삶의 종착점을 향하는 여러 플랜을 만들어 가는 중일지도 모른다. 그리고 인생에 다양한 플랜을 준비한 사람은 플랜A만 아는 사람보다 더 풍부한 선택지를 가질 수 있다.

삶에는 어디든 확신을 갖고 떠나는 길치의 당당함과, 잘못 들어선 길도 마음에 든다면 편히 앉아 쉴 수 있는 무던함이 필요하다. 그러니 혹시 길을 잃었다 하더라도 쉽게 주눅 들지 않았으면 좋겠다. 발 닿는 모든 곳이 길이기에, 다행히 우리는 길을 잃은 순간에도 길이 아닌 곳을 걸은 적은 없다. 인생은 남들 눈에 그럴싸한 목적지로 가는 게 아니라, 내 맘에 드는 풍경을 찾는 것이다. 당신에게도, 당신만의 풍경 한 가지쯤은 가슴 속에 남아 있기를.

커피는
싹싹한 맛 따위
내지 않는다

회사에 새로운 인물이 들어왔다. 늘 무표정에 점심도 우리와 따로 먹는 걸 선호하고, 싫은 걸 좋다고 웃어넘기진 못하는 사람. 한마디로 남의 비위 맞추는 쪽으로는 노력을 안 하는 사람이다. 그렇다고 일을 못하는 건 아니다. 오히려 잘한다. 말이 좀 적을 뿐이지자기 일은 확실히 하고 시킨 일을 금방금방 잘 해낸다. 하지만 누군가는 일 잘하는 사람보다 다른 걸 잘하는 사람을 바란 것 같다.

"이번 사람은 참 싹싹한 맛이 없어."

"사람이 좀 상냥하게 웃고 다니면 큰일이라도 나? 하하하!"

이번에 새로 들어온 사람은 표정이나 마스크가 영 마음에 안 든다며, 내 앞의 상사가 제 얼굴 가까이에 손을 펴 위아래로 두 번 흔들었다. 거기에 다들 누르면 터지는 웃음 자판기라도 된 것처럼 웃어 대는데, 나도 그만 분위기를 타서 웃어 버렸다. 그렇게 점심 시간 동안 한차례 메스꺼운 수다를 떨고 나서야, 나는 내 자리로 돌아왔다. 그러고는 아무 일 없었다는 듯 기름진 점심과 썩어 빠진 농담을 소화해 보려고 노력했다.

싫은 걸 싫다고 좋은 건 좋다고 단호하게 말할 수 있는 사람은 얼마나 될까. 그게 뭐가 어렵나 싶겠지만 사실 그게 제일 어렵다. 사회생활은 원래 그런 거라는 사람들 속에서 우리는 갑자기 분위기를 싸늘하게 만들지 않으려 노력한다. 싫은 부탁을 거절하면 싸가지가 없어지고, 날 긁는 말에 화를 내면 감정적이라고 배우면서 우린 자신의 호불호를 속 깊이 숨겨 왔다. 그렇게 참다 보면 꼭 엄한 곳에다 감정을 터뜨리게 된다. 뒤에서는 잘 모르는 사람끼리 헐뜯고 서로를 씹어 대다가, 또 앞에서는 좋은 사람인 척 가면을 쓰는 것이다.

솔직한 감정을 드러내면 논란이 된다. 대놓고 기분 나빠하면 프로답지 못한 사람이란다. 하지만 궁금하다. 정말 잘못한 게 화를 낸 사람인가, 아니면 화나게 만든 사람인가. 우리는 꼭 모두에게 상냥하고, 달콤하기만 해야 할까? 분명 싹싹한 맛보다는 커피같이 쌉쌀한 맛을 내는 사람이 있다. 그런데 주변에서는 그런 이를 보며, 너는 왜 남들이랑 다르게 쓰냐고 따져댄다. 커피를 뽑아 놓고, 커피가 왜 쓰냐니. 참 웃픈 일이다.

지금도 나는 싫은 티를 꼭 내야겠냐고 말하는 사람들 속에 섞여 있다. 건너편에서는 제 소신대로 사는 사람이 이쪽을 보고 너희가 이상하다며 삿대질한다. 나도 안다. 여기가 이상한 거. 그래서 이 무리 속에 서 있어도 마음은 반대편에 가 있다. 하지만 저곳에 당당히 설 용기는 없다. 모난 사람이 되기 싫어서. 분위기를 망치는 사람이 되기 싫어서. 논란을 만들고 싶지 않기 때문에 반대쪽을 바라보기만 한다. 나도 원래 저 사람처럼 쓴맛이 나는 사람인데, 여기 사람들이 좋아하는 달콤하고 순한 맛으로 보이기 위해 비슷하게 위장을 했다. 싸구려 시럽을 잔뜩 뿌리고서 난 원래 달콤한 설탕물이라 되뇌어 본다. 그런데 나는 언제까지 여기에 속할 수 있을까? 나는 뭐가 되고 싶은 걸까? 커피인가, 설탕물인가.

쓴 맛도 취향입니다. 존중해 주세요.

점심 식사 후에 입가심하자고 들른 카페의 픽업대 앞에서 나는 오랫동안 생각에 잠겼다. 그러다 울리는 진동벨에 정신이 들었다. 그리고는 언제나처럼 사람 수만큼의 음료를 안아 들고 다시 달콤한 무리로 뛰어 들어갔다. 온갖 음료를 나눠 주던 그때, 불현듯 이건 아니라는 생각이 머리를 한 대 갈겼다.

"저는 커피예요."

"그래, 달리 씨는 아이스 아메리카노."

"……저, 죄송한데 먼저 들어가 보겠습니다."

"벌써? 우리랑 얘기 좀 더 하다가 가지."

"아니요. 괜찮습니다."

아무래도 내가 커피라고 선언할 기회는 지금뿐이다. 커피는 싹싹한 맛 따위 내지 않으니까, 억지로 달콤해질 필요가 없다. 나는 그 무리를 빠져나와 달렸다. 아, 이제야 뻥 뚫리는 느낌이 든다. 그래, 나는 얼어 죽어도 아이스 아메리카노다. 싸구려 설탕물 따위가 아니라. 자신 있는 커피일수록, 커피 본연의 맛으로 승부하는 법이다.

아픈 건
나쁜 게
아니야

○

나는 계절이 바뀔 때마다 감기에 걸리는데, 특히 상태가 안 좋았던 때가 있었다. 밤새 모니터 화면을 보며 열중하던 어느 날, 급격히 몸이 나빠졌다. 컨디션이 더 안 좋아지면 일을 못 하게 되니 바로 병원에 갔다. 의사 선생님은 컴퓨터를 멀리하고 8시간 이상 자라고 말하는데, 그러면 돈을 못 번다고 답하고 싶었다. 엎친 데 덮친 격으로 좋지 않은 일들이 줄줄이 이어져서 그 후로도 밥도 제대로 먹지 못하고 끙끙댔다. 제때 약만 먹었으면 나을 감기인데.

"이렇게 될 때까지 뭘 하신 거예요. 아프면 병원에 와야 합니다."

"무슨 감기로 병원까지 와요. 유난스럽게."

"감기가 오래되면 더 큰 병으로 발전해요. 심하면 기억력도 감퇴할 수 있어요."

"그런데 저는 왜 계절마다 감기에 걸리는 걸까요? 제가 유독 몸이 약해서 그런 걸까요."

"남들이랑 비교하지 말고 병원에 올 때만큼은 달리 씨만 생각하세요. 이 시간은 오로지 달리 씨를 위한 겁니다."

내가 아픈 건 남들보다 유별나게 약해서 그런 줄 알았다. 그리고 나에게 자기 관리를 안 해서 그렇다며, 아픈 게 나쁜 거라고 말한 사람들이 있었다. 하지만 아니었다. 아픈 사람은 잘못이 없다. 아픔을 비난하는 사람들이 악한 거지. 아프건 말건 내일 더 괜찮아지면 된다. 내일이 힘들면 그다음 날, 아니면 일주일, 한 달. 얼마가 걸리든 그저 나으면 된다. 낫기만 하면 아팠던 일은 과거일 뿐이니까.

그렇게 의사 선생님과 이야기만 잠깐 나눴는데도 혼자 앓을 때보다는 나아진 기분이 들었다. 약을 먹고 푹 쉬면 더 좋아지겠지. 오기까지 참 무서웠는데 오길 잘했어. 나는 그에게 꾸벅 인사한 뒤, 다음에 올 날짜를 정했다. 그렇게 문을 나서려는데 의사 선생님이 나를 불렀다.

"달리 씨, 너무 자책하지 마세요. 다른 사람들도 종종 우울해집니다. 숨길 필요는 없어요. 마음에도 면역력이 떨어질 때가 있잖아요."

그 말을 끝으로 다음에 보자는 선생님에게 나는 꾸벅 묵례만 하고 나왔다. 따뜻했던 병원을 나서자 겨울바람이 살을 에는 듯 세차게 불어왔다. 한껏 몸을 움츠린 채 생각했다. 올해 우울증은 참 유난이다. 아니지. 누구나 그럴 수 있다고 하잖아.

연례행사처럼 찾아왔던 마음의 감기도 지나가고, 나는 언제 그랬냐는 듯 다시 멀쩡해졌다. 감기가 다시 올지도 모르지만, 이 사실은 안다. 우리는 언제든지 아플 수 있어. 아픈 건 나쁜 게 아니야. 어쩌면 나 자신을 돌보라는 몸의 신호일지도 몰라.

**나다운 건
내가 정한다**

지금, 흔들리고 있다면

흔들리지 않는 바다는 바다가 아니지!

그대의 배가 산으로 가고 있지 않다는 증거!

중요한 결정의 순간은 항상 떨린다. 아무도 모르는 세계로 한 발짝 내딛기 전, 그 순간에 우리는 긴장해서 실수를 하거나 평소보다 못한 실력을 보여 주게 된다. 이럴 때 다른 이들은 보통 떨지 않는 법을 말해 주겠지만, 나는 다른 걸 말하고 싶다. 우리가 느끼는 떨림, 그 안에는 두려움과 불안함이 있겠지만 '설렘'도 함께 있다는 것을 말이다.

고민정 전 대변인은 아나운서 활동을 그만두고 청와대 대변인으로 영입되면서 대통령에게 나침반을 선물해 주었다고 한다. 그리고는 고 민영규 교수의 말을 인용하며 이렇게 말했다.

"북극을 가리키는 지남철指南鐵은 무엇이 두려운지 항상 바늘 끝을 떨고 있습니다. 여윈 바늘 끝이 떨고 있는 한, 바늘이 가리키는 방향을 믿어도 좋습니다. 만약 그 바늘 끝이 전율을 멈추고 어느 한쪽에 고정될 때 우리는 그것을 버려야 합니다. 이미 지남철이 아니기 때문입니다."

그녀가 언급한 지남철과 관련된 일화는 조금씩 흔들리는 방향이 올바른 방향이고, 그 방향을 잃지 않아야 한다는 걸 의미한다. 가슴이 떨리지 않는 방향은 내 길이 아닐 수 있다. 당장 올바른 방향으로 나아가기가 떨리고 불안하다면 이렇게 생각해 보자. 이 안에는 걱정도 있지만, 설렘도 있다고. 그러니 조금은 흔들리고 떨리더라도 나의 방향을 찾는 과정이라 믿어 의심치 말자. 그 순간 감당할 수 없을 것 같던 떨림은 감당하고 싶은 떨림이 될 것이다. 그리고 그때의 결정이 바로, 가장 나다운 선택이다.

걱정과 불안을 막는
마음의 면역력 기르기

한때 집에 드러누워 정말 아무것도 하지 않았던 시기가 있었다. 그때의 나는 취향도, 의욕도 잃어버린 채 멍하니 하루하루를 보냈다. 아무것도 하지 않는 게 편한 듯했지만 이대로 괜찮은 건 아니었다. 최승자 시인의 시 〈삼십 세〉에 나오는 첫 문장에선, "이렇게 살 수도 없고 이렇게 죽을 수도 없을 때 서른 살은 온다"던데. 나는 아직 서른 살도 안 돼서 비슷한 감정이 들었다. 당시에는 나를 이 위기에서 구조해 줄 무언가가 필요했다. 이제 와 돌이켜 생각해 보면 내가 왜 그랬는지 알 것 같다. 걱정과 불안이란 놈들 때문이었다.

걱정과 불안이란 바이러스는 두 가지 상반된 증상을 불러일으킨다. 하나는 나 자신을 쉴 새도 없이 몰아붙이며 항상 초조하게 만든다. 그 과정에서 나는 지치는 줄도 모르고 불안에 끌려 살다가 탈이 나고 만다. 다른 하나는 나 자신을 무력감에 빠지게 만든다. 무언가를 시도하는 것 자체가 걱정되고 불안하며 시도에 따른 결과를 장담할 수 없어서 그렇다. 나는 이 두 증상 중 심한 무력감을 겪고 있었다.

그렇게 아무것도 안 하다가 문득 펜을 들었다. 그리고 뭐라도 끄적이기 시작했다. 답답하고 무력한 이 마음을 글로 풀어내면서 나를 찾기 시작했다. 점차 내가 무슨 생각을 하는지 알게 되고, 내가 무엇을 원하는지도 명확해졌다. 글을 쓰는 건 나를 찾는 모험이었다. 그 여정은 아직 끝나지 않았지만 나는 어느덧 나를 익숙하게 받아들이고 있었다.

나를 찾고, 나와 친해지게 되면서 점차 마음의 면역력이 자랐다. 마주치는 다른 사람들에게 '너답지 않아'라는 말을 듣고도, '나다운 게 뭔데?'라고 물어볼 수 있는 깡이 생겼다. 걱정과 불안

나를 망가뜨리는 불안, 걱정 바이러스 퇴치!

이란 바이러스는 저절로 사라질 수밖에 없었다. 그때 깨달았다. 마음의 면역을 기르는 것은 나와 사이좋게 지내는 것부터 시작이라는 것을. 걱정과 불안에 감염된 나를 구조할 수 있는 건 나뿐이라는 사실을. 내가 글을 쓰면서 나와 친해졌듯이, 당신 역시 스스로와 친해지는 방법을 찾기를 바란다. 그러면 걱정과 불안도 가뿐하게 물리칠 테니까.

2장
★
내 살길은
내가 찾는다

'할 수 있다'
대신
'해도 된다'

○

'I can do it!'

뭐든지 할 수 있다는 말을 모두가 최면에 걸린 것처럼 외쳤다. 그 말처럼 인생에 정말 할 수 있는 일만 가득했으면 좋았겠지만, 안타깝게도 그런 기적은 없었고 대신 날카로운 지적이 있었다. 못 해낸 이유를 말했더니 모두가 변명이라고 했다. 시간이 없어서, 몸이 아파서, 남들이 나보다 잘해서, 심지어는 천재지변이 일어나도 전부 다 내 잘못이 됐다. 그리고 망연자실한 나에게 이렇게 말하더라.

"이번에는 또 무슨 변명을 할 거니?"

왜 나는 변명하면 안 될까? 어차피 결과는 다 내 책임인데, 나라도 나를 변호해야 하는 거 아닌가? 잘못을 저질러서 뉴스에 나오는 놈들도 변명은 아주 A4용지 열 페이지를 꽉꽉 채울 만큼 구구절절 늘어 놓지만, 난 그것도 아니잖아? 사람들은 내 의문에 대한 답을 내가 했던 말에서 찾았다. 아이 캔 두 잇. 네 입으로 말했잖아. 네가 뭐든지 할 수 있다고 했으면 뭐든지 해냈어야지.

사람들은 꿈을 꾸면, 나는 된다고 말하면 성공이 손안에 잡힐 거라고 조언한다. 그리고 도전에 좌절하는 사람을 보며 제 능력을 십분 발휘하지 못해서, 뚜렷한 목표가 없어서, 부정적인 생각을 해서 실패한 거라고 말한다. 그러니 너도 할 수 있다는 말을 반복하며 마음에 새겨야 한단다. 말에는 힘이 있어서 긍정이 너를 성공으로 이끌 거니까. 이게 그들의 단골 레퍼토리이다.

뭐, 말에 진짜 힘이 있긴 하다. 다만 '할 수 있다'고 말하니까 할 수 있는 게 아니라, 그 일을 해내는 게 당연해진다. 그리고 당연할 만큼 쉽게 생각했던 일을 망칠 때 우리는 몇 배는 더 고통스러워진다. '할 수 있다'에는 '반드시 해내야 한다'라는 생각이 깔려 있다.

그래서인지 해냈을 때의 기쁨은 반감되며 어려운 일을 해낸 건데 왠지 본전을 친 느낌만 든다. 그것 봐. 할 수 있다고 하면 다 된다니까? 글쎄요. 이게 그렇게 간단하지는 않았는데.

변명보다 더 나쁜 건 거짓말이다. 정말 우리는 뭐든지 다 할 수 있었는가? 생각해 보면 할 수 있던 일보다 할 수 없던 일이 너 많았다. 내 인생을 바꿀 원대한 목표를 품었지만 실제로는 작은 습관 하나 바꾸기도 어려웠고, 내 생각과는 전혀 다른 환경으로 인해 울며 겨자 먹기로 패배를 선언한 일도 많았다. 이처럼 '뭐든지 할 수 있다'라는 말은 달콤한 거짓말에 가깝다. 거기에 평생을 속아 실패를 개인의 책임으로만 돌렸다. 그래서 뼈아픈 상처에도 스스로를 변호하지 못했다. 각자의 사정이 있는데도 우린 언제나 할 수 있어야 했다. 왜? 그렇게 말했으니까. 대신 이렇게 말했으면 어땠을까. 뭐든지 '해도 된다'고.

'할 수 있다'는 부담이지만 '해도 된다'는 선택이다. 모든 걸 다 해낼 수는 없다. 애초에 세상일이란 할 수 있어서 도전했던 게 아니라, 하다 보니 할 수도 있는 것이었다. 어떤 일을 하지 못했다면 해내기 어려울 만한 일이었고, 해냈다면 그 사람이 대단한 거다. 좋은 결과를 당연하게 여긴다면 새로운 시도는 부담스럽고 어려워진다. 그러니 기억하자. 우리는 다 할 수도 없고, 할 이유도 없다. 대신 무엇이든 해도 된다. 딱 그거면 충분하다. 아, 물론 법이 허락하는 한에서만.

당신의 용기를 북돋는 주문.

초심보다는
진심

처음 시작할 때 다짐한 그 마음을 초심이라 부른다. 초심은 그 자체로 빛나면서 순수하다. 그리고 우리는 이 맑은 빛을 잘 잃어버린다. '너 초심을 잃었어.' 이 말은 스스로 하면 재시작을 위한 결심이지만, 타인에게 들으면 대개 불평 섞인 비난이다.

그런데 궁금하다. 정말 초심은 잃으면 안 될까? 처음 어떤 일에 뛰어들 때, 우리는 무한한 긍정에서 오는 설렘과 기대를 바탕으로 뜬구름 같은 목표를 잡는다.

'비틀스 같은 유명한 팝 밴드가 되겠어요.'

'퀸 같은 록을 하겠어요.'

'세상을 감동하게 만들겠어요.'

'세계적으로 이름을 알리겠어요.'

'이 분야의 1인자가 되겠어요.'

나도 처음에는 그랬다. 거장의 작품을 보며 나도 이런 걸 밥 먹듯이 만들 거라고 말했다. 그의 화려한 인생을 훔치고 싶었다. 그를 보고 열광하는 사람들이 나를 보고 열광하게 만들고 싶었다. 그렇게만 될 수 있다면 지금 당장 돈이 되지 않아도, 잠을 자지 않아도 계속 도전할 힘이 생겼다. 하지만 지금은 그렇게까지 열정적이었던 과거의 내가 낯설다.

변하지 않는 초심이란 영원한 젊음과 같다. 사람들은 온갖 방법으로 떠나가는 젊음을 잡으려 애쓴다. 그러나 영원한 젊음에 집착할수록 세월이 야속하게 느껴질 것이다. 이 비참함에서 벗어나는 법은 간단하다. 오래되면 변할 수밖에 없다는 걸 받아들이면 된다. 그 순간 노화는 당연해지고, 비참함은 자연스러움이 된다. 마음도 언제든지 주름질 수 있다. 그렇기에 초심이 변한다는 게 꼭 이상한 일은 아니다. 모두가 처음 결심한 목표에만 매달린다면 그

감동을 주는 건
초심이 아니라 진심이다.

걸 이루지 못한 삶은 무의미하다고 느낄 것이다. 그럼 우리는 무슨 마음으로 살아야 하는 걸까?

'이 일은 정말 진심으로 할 거야. 진심이 아니면 나는 뒤도 돌아보지 않고 떠날 거야.'

사실 초심을 지키는 것보다 진심을 지키는 게 더 어렵다. 새로운 일에 도전할 때 우리는 주변의 따가운 시선과 현실의 돌팔매질에 너덜너덜해지기도 하고, 멀리서 봤던 꿈의 필드는 자세히 들여다보니 똥통일 수도 있다. 싫으면 포기하면 된다. 하지만 우리는 포기를 실패라고 생각해서 절대 포기하지 않는다. 그러면서 진심이 아닌 일을 계속하고 시련을 겪는다. 그럴 때마다 처음의 초심을 꺼내 보면서 '그래, 견딜 수 있어. 나는 꼭 성공할 거야'라고 다짐한다. 물론 그 일을 하다 보면 세계적인 1인자가 될 수도 있다. 하지만 방구석 1인자가 될 가능성도 무궁무진하다. 그래도 그 일을 좋아할 수 있는가?

멋모르는 긍정으로 쌓아 올린 목표는 쉽게 무너졌다. 처음의 감동과 초롱초롱한 눈빛도 이제는 사라졌다. 대신 결과가 어떻든 괜찮다는 마음이 생겼다. 템포가 한결 느려지고 여유도 찾았다.

그러자 누군가는 내게 초심을 잃었다고 말했다. 맞다. 그런데 나는 초심을 잃은 자리에 '진심'을 채웠다. 내게는 뭐가 됐든 이 일을 하고 싶다는 진심이 있다. 구태여 초심이 어디 갔는지는 물어보지 말자. 우리가 그대로 있는지 확인해야 하는 건 바로 진심이다. 혹시 나는 죽은 진심은 외면한 채, 초심만을 어루만지며 살아가고 있는 게 아닐까? 이제는 스스로 질문을 던져 봐야 할 때다. 애써서 지켜야 하는 마음과 오래도록 지켜지는 마음 중 무엇을 선택해야 하는지, 우리는 이미 답을 알고 있다.

애매한 건
내 재능일까
자존감일까

'애매하다'는 평은 재능에 대한 사망 선고다. 모든 이의 재능을 1등부터 100등까지 줄 세워 본다면 애매함은 50등이나 60등 정도겠지만, 체감상으로는 더 하찮게 여겨진다. 심지어 범접할 수 없게 잘하는 사람이 주변에 있을 시 그 가치는 0. 평범하다는 말은 꼭 쓸모없다는 소리 같다.

탁월한 재능은 무엇일까? 조물주가 손가락 팅기듯 쉽게 좋은 결과를 만들어 내며, 누구와 경쟁해도 항상 1등이고, 다수가 내 결과를 우러러볼 때쯤 되어야 그 재능을 괜찮다고 말해 줄 수 있을까? 나는 평생 이것저것 건드리고 여기저기 쏘다녔지만, 아직도 내가 제일 잘하는 게 뭔지는 모른다. 그렇게 공부도 중간, 운동도 중간, 뭘 하든 어중간한 인생을 살다 보니 중도 포기한 것들이 참 많았다. 끝을 예상해 봤을 때 남보다 못한 결과가 이미 훤해서 지레 겁을 먹고 뒷걸음질 치곤 했다.

스스로 결단하여 돌아선 길은 후회하지 않았다. 하지만 남이 너무 잘나고 내가 너무 못나 보여서 포기한 길은 가끔 눈앞에 아른거렸다. 남들은 문제없이 잘만 해내는데 항상 내 결과물만 엉성하고 못생겨 보였고, 기한을 넘겨 준비한 것조차 마음에 들지 않았다. 어차피 이 경기의 결말은 뻔해. 그래서 끝은커녕 중턱을 넘기도 전에 백기를 들었다. 그리고는 이렇게 말했다. "내 재능이 애매했어."

그런데 가끔 뒤늦게 꽃을 피운 사람이나 어떻게든 버티면서 그 길을 당당히 걷는 사람을 보면 이런 의문이 싹튼다. 나도 사실 저럴 수 있지 않았을까. 나는 내가 가진 것보다 남이 가진 재능을 보느라 바빴고, 1분짜리 예고편을 보며 끝나지도 않은 영화의 결말을 단정 지었다. 생각해 보면 나는 꽤 괜찮은 재능을 애매한 자존감으로 깎아내렸는지도 모른다. 그 시절 애매했던 건 재능이 아니라 내 자존감이었던 거다.

애매한 자존감으로 인해 포기한 벌은 간단하다. 지레 겁을 먹고 어린나무를 베어 버렸으니 거기서 열렸을 잘 익은 사과의 맛을 알 방법은 영영 없을 것이다. 설익은 재능은 모두 떫은맛이 나거늘 무엇이 그리 급해서 익지도 않은 과실이 떫다며 나무 탓을 하였을까.

이제야 지나간 시간에 물어본다. 오래전부터 내 등을 떠밀었던 게 애매한 재능이었는지, 아니면 애매한 자존감이었는지. 하지만, 그루터기만 남은 나무는 아무 답도 해 줄 수가 없다. 그렇게 잘라 버린 나무 그루터기 위에 앉아서 한 생각 하나. 나무가 어떻게 자랄지 모르겠다면, 일단 내버려 두는 것도 한 방법이다.

완벽한 타이밍은
늘, 지금

뒤늦게 자격증 공부를 시작했다. '너무 늦었어'라고 밥 먹듯이 말하다가 정말로 늦어 버린 것이다. 그 와중에도 나는 집중이 안 된다는 이유로 장소를 이리저리 옮겨 다녔다. 도서관을 갔다가 독서실도 가 보고, 아예 집을 공부하기 좋은 구조로 바꿔도 봤다. 내가 집중하지 못하는 이유는 장소 탓이야. 하지만 대학로 커피숍에서 한 할아버지를 본 뒤부터 마음을 고쳐먹게 됐다.

카페 구석 자리에는 새하얀 백발에 허리는 구부정한 할아버지가 아침부터 저녁까지 앉아 계셨다. 노트북을 테이블에 올려놓은 채 주름 가득한 손으로 마우스를 딸깍딸깍, 키보드 몇 번을 톡톡 두드리는 모습. 그리고 그의 옆에 있는 컴퓨터 자격증 책. 그건 내가 풀던 실기 기출문제집이었다.

할아버지는 매번 커피와 베이글을 드시며 아침부터 밤늦게까지 그 책을 보셨다. 그 모습이 참 낯설었다. 포토샵과 인디자인, 일러스트레이터를 막 시작한 백발의 할아버지. 손놀림이 답답하리만큼 느렸다. 심지어 노트북까지 버벅대는지 가끔은 인상을 쓰다가, 막힌 게 풀렸을 때는 잠시 표정이 온화해지셨다. 몇 시간째 미동도 하지 않고 앉은 채로 계속 모니터를 보시는데, 한참 전부터 책은 같은 페이지였다. 그리고는 또 느릿하게 눈을 끔-뻑. 저렇게 기어가는 듯한 속도라면 이변이 없는 한 그는 합격하지 못할 것이다.

'대체 저걸 저 속도로 언제 다 봐.'

아무리 봐도 합격하는 건 불가능이었다. 쉽고 어렵고를 떠나서 너무 늦었다. 저 나이에 무언가를 배우고 있다니. 그것도 굼벵이가 기어가는 속도로. 아마 주변 모두가 그렇게 생각했을 것이다. 하지만 그 시선 속에서도 할아버지는 아랑곳하지 않고 그저 스크린만

평생을 늦은 줄 알았던 자, 진짜 늦어 버렸다.

바라봤다. 대학가 커피숍, 젊은 학생들 사이에서 노트북을 아침부터 밤까지 하는 할아버지는 소인국에 온 거인 같았다. 소인은 거인을 절대 이해하지 못한다. 간덩이가 작아서. 저 늦은 나이에 저 새로운 걸, 그것도 엄청나게 느린 속도로 도전할 용기는 없다.

그렇게 6개월이 흘렀다. 그동안 하루에 첫 장을 힘겹게 넘기던 할아버지는 보름이 되니 하루에 두 장씩을 넘겼고, 석 달이 되니 속도가 더 빨라졌다. 마침내 6개월이 지나자 책 한 권을 모두 넘겼는지 더 이상 나타나지 않았다. 물론 나는 모른다. 그 할아버지는 합격했을 수도, 아니면 떨어졌을 수도 있다. 하지만 내게 그런 결과는 별로 중요하지 않았다(아, 물론 할아버지에게는 중요했겠지만). 6개월이나 꿋꿋하게 앉아 있던 강렬한 그 모습, 이게 내 마음을 움직였다.

생각해 보면 내가 지껄였던 모든 핑계는 결국 그 일이 싫기 때문이었다. 어떻게든 하기 싫어서 온갖 이유를 붙였다. 나이가 많아서, 체력이 달려서, 머리가 안 돌아가서, 장소가 마음에 들지 않아서. 안 할 이유는 찾자면 백만 가지 정도는 된다. 하지만 우리는 다 안다. 그 백만 가지 핑계는 내가 해야 할 단 하나의 이유를 이겨 보기 위해 스스로 만든 것이라는 걸. 그 후로 나는 시작하기에 너무 늦었다고 생각할 때마다 백발 할아버지의 흔들리지 않던 기백을 떠올린다. 그러면 내가 가진 모든 핑계들은 슬며시 자취를 감춘다. 무언가를 시작하기에 늦은 타이밍이란 없다. 그건 그저 내가 할 수 있는 가장 만만한 핑계에 불과하다. 이미 늦었다고 생각하는 사람이 진짜 늙은 사람이다. 카페에서 마주치던 그 할아버지는 나에게 자신만의 소신을 가진 사람은 누구보다 젊게 살 수 있음을 가르쳐 주었다.

슬럼프는
안 아픈 성장통이다

슬럼프가 왔다. 머릿속에 있는 것이 도통 현실로 나올 생각을 안 한다. 잘하고 싶은 건 맞는데 잘할 수가 없다. 이대로는 또 멍청한 결과나 나올 게 뻔하다. 그래서 검색창에 '슬럼프를 극복하는 법'을 쳐봤다.

술 마시지 말고 운동하세요.
일단 푹 쉬세요.
사람을 만나 보세요.

그래서 전날 충분한 숙면을 하고, 술 마시기 이른 오전부터 사람을 만나러 약속 장소까지 걸어가 보기로 했다. 그리고, 오랜만에 만난 친구에게 나는 다짜고짜 본론부터 꺼냈다.

"나 슬럼프가 온 거 같아."
"슬럼프?"
"요즘 그림이 내 맘대로 안 그려져."
"언제는 우리 맘대로 그려졌냐?"
"머릿속에 있는 게 안 나와! 근데 세상은 나 빼고 다 잘 그려."
"……너 발전했네."

무슨 개소리지.

"너 눈이 늘었다고. 손이 눈을 못 따라가는 거야. 손이 멈춘 게 아니라."

많은 운동 전문가들은 운동 기록이 잘 나오려면 정신의 긴장을 풀어 줘야 한다고 말했다. 경기 전 과한 긴장으로 생기는 압박감은 오히려 근육을 움츠러들게 한다. 얼음! 하고 온몸이 굳는 것이다. 분명 더 잘하려고 맘먹은 건데 오히려 결과는 영 좋지 못하다.

그리고, 좋은 결과물을 내는 것도 이와 비슷하다. 슬럼프가 생기는 많은 원인이 있겠지만, 계속하고 있어도 성에 차지 않아서 집어던지고 싶을 때는 '지금보다 더 잘하고 싶어서' 슬럼프가 온 것이다.

우리의 실력이 자라는 건 머리카락이 자라는 것과 닮아 있다. 머리카락은 개인차가 있겠지만 보통 한 달에 1cm 내외로 자란다. 즉, 하루에 0.2~0.4mm가 자라는 것이다. '오늘부터 머리를 기를 거야'라고 다짐한다고 해서 머리가 그 마음을 알고 빨리 자라 주진 않을 거란 얘기다. 매일매일 거울을 보며 확인하고, 머리가 빨리 자라는 법을 찾아 본다고 해도 머리는 그대로다. 그렇다면 마음의 소리를 듣고 머리가 스스로 성장을 멈추는가? 아니, 머리는 계속 자라고 있다. 잠시 자를 꺼내 0.4mm가 얼마 정도 되는지 보자. 눈에 잘 보이지도 않는다. 그러니까 우리는 하루에 눈에 보이지도 않을 정도만 성장한다. 여전히 그대로인 것 같다고 느끼는 이유는? 너무 자주 확인하기 때문이다.

그런데 반대로 이런 경험도 있다. 그냥 내팽개쳐 두고 살다 보니 어느새 머리가 길어졌다. 머리가 긴 애들한테 '너 머리 어떻게 길렀냐'고 물어보면 다 똑같이 말한다. '그냥 자라 있던데?' 맞다. 머리는 그냥 자란다. 당신의 실력도 그렇다. 어떤 것을 매일 꾸준히 하고 있다면 이미 나아지는 중이다. 그러니 매번 자신의 실력을 거울에 비춰 볼 필요는 없다. 그 거울은 잠시 서랍에 넣어 두자. 너무 잘하려고 애쓰지 말고 일단 해 본다. 그렇게 하루가 지나고 몇 달, 몇 년 후에는 놀랄 만큼 자라 있는 머리카락, 아니 실력을 보게 될 것이다.

슬럼프는 의식하면 할수록 더 빠져든다. 매일매일 노력해서 눈은 점점 높아지는데 결과물이 마음에 안 든다면? 축하한다. 당신은 잘하고 있다. 단지 안목에 비해 실력이 머리카락처럼 더디게 자라는 것 뿐이다. 결과물이 만족스럽지 않은 날에는 집으로 가는 길에 달콤한 조각 케이크 하나를 사서, 나에게 선물하듯 말을 건네 보자.

"오늘도 잘했다! 내 안목이 점점 성장하고 있구나!"

조각 케이크를 맛있게 해치우면 오늘 하루 클리어.

오늘 못한 일은
내일, 내일 하자

아쉬워도 이만 보내줍시다.
내일을 위해서, 잘 자요!

오늘 생각보다 한 일이 없을 때, 하루가 지나가는 게 안타까워진다. 남들은 1분 1초를 바삐 쪼개어 사는 것 같은데, 내게는 하루가 물 흐르듯 흘러간다. 온갖 자기 계발서에선 그럴수록 시간을 휘어잡아야 성공한다고 말하는데, 나는 어째 매번 시간에 휘둘리는 기분이다. 어느 날은 그럭저럭 일이 잘 풀리다가도, 다른 날은 평소보다 못한 하루를 보낸다. 그럴 때면 나는 왜 이렇게 한심한 걸까 싶다. 이런 생각도 한가로울 때나 하다가 잊어버리면 좋겠는데, 꼭 자기 전에 떠올라 단잠을 방해한다.

'오늘은 계획한 일의 절반도 못했어.'

하루는 12시가 지나면 내게서 달아난다. 나는 미련이 남은 사람처럼 구질구질하게 굴겠지만, 그런다고 오늘이 다시 돌아오진 않을 것이다.

사람들은 삶에 욕심을 낼수록 과한 계획을 세우고 자신을 극한으로 밀어붙인다. 그리고 이따금 더디게 나아갈 때면 무능한 자신에게 절망하고, 스스로를 미워한다. 하지만 매 끼니 과식을 하고 소화제를 달고 사는 것만큼, 매번 달성 못 할 계획을 세우면서 자책만 하는 것도 참 미련한 일이 아닐까? 그러니 먼저 계획은 '하나'만 세워 보도록 하자.

일단 그것만 하고, 더 할 수 있으면 추가해 본다. 전날에 내일 할 모든 일을 플래너에 적어 놓는 게 아니라, 무엇이든 할 일을 하기 바로 직전에 적어 보자. 어쩌면 무계획에 가깝고 때로는 자기 마음대로 하는 듯 보이지만, 생각보다 괜찮은 방법이다. 일단, 실패할 리가 없다. 가끔 과식하듯 열일하는 날이 있고 모자란 듯 부족한 날도 있지만, 대부분은 비슷한 수준으로 하루를 마무리할 것이다.

당신이 오늘 밤에 마음 편히 잠들지 못하는 건, 남은 일을 내일로 미루지 못하기 때문이다. 누군가는 오늘이 마지막인 것처럼 살라고 했지만, 사실 우리가 죽기 전까지 '내일'은 누구보다 부지런히 약속 시간에 맞춰 올 것이다. 시간은 게으른 법이 없고, 걱정 가득한 뜬눈으로 하루를 보내든, 편안한 마음으로 숙면을 하든, 모두에게 똑같이 내일은 온다. 그런데 오늘을 굳이 미워할 필요가 있을까? 그러니 하지 못한 일이 있다면, 조금만 아쉬워하고 내일에게 보내 주자. 오늘의 나를 믿기 힘들다면, 우리보다 부지런하고 성실한 내일을 믿자. 잠이 오지 않는 그대, 부디 안심하며 오늘 못한 일은 내일 하도록 하자. 내 살길은 내일도 열릴 것이다.

실패는 성공의
훌륭한 복선

살면서 실패는 최소화하는 게 좋겠지만, 그게 내 뜻대로 되진 않는다. 미래를 대비하기 위해 과거에 세웠던 계획은 보기 좋게 족족 어긋나는 중이고, 밑져야 본전일 줄 알고 도전했던 일들은 더 떨어질 밑바닥이 있었다는 사실을 깨닫는 데만 쓰였다. 남들이 얘기하기를 신은 감당할 수 있는 시련만 준다는데, 지금 주는 시련도 신이 겪어 보고 하는 소리인지 궁금할 정도로 사는 게 팍팍할 때가 있다. 이 시기에는 망할 장점이라고는 하나도 없는 것 같아 보이지만, 뭐 그렇게 나쁘기만 한 건 아니다.

첫 번째, 인간관계를 정리할 수 있다. 실패로 얼룩진 나는 도움을 줄 수 있는 사람보다는 도움이 되지 않는 사람에 가까웠고, 부탁을 들어줄 수 있는 사람보다 부탁해야 할 사람이 되어 버렸다. 인간관계에서 정리를 하는 쪽보다는 주로 정리가 되는 쪽이었지만, 누군가는 나를 자기 곁에 남겨 두고 싶어 했다. 그 일을 통해, 힘든 시기를 함께 견딘 고마운 사람 하나가 날 스쳐 지나간 여럿보다 소중하다는 걸 배웠다. 그들은 나도 기약할 수 없는 내 미래를 믿어 주었고, 나중에 잘되면 한턱 쏘라며 내가 꼭 잘돼야만 할 이유를 마련해 주었다. 이런 기분 좋은 부채감은 지친 내게 힘이 되어서, 나도 그들 기대처럼 좋은 사람이 되고 싶다는 마음을 먹게 했다.

두 번째, 세상을 보는 시선이 바뀌었다. 내가 마냥 진리라고 믿었던 것은 가까이 들여다보니 그럴듯한 거짓말에 불과했고, 바쁜 삶에 치여 볼 수 없었던 것을 한결 여유로운 삶에서는 쉽게 발견할 수 있었다. 고난으로 잠시 주저앉은 걸 자랑할 필요는 없었지만, 그렇다고 부끄러워할 필요도 없었다. 앉은 김에 쉬어 간다는 생각으로 조바심은 버리고, 이 시간을 오롯이 나를 위해서만 쓰기로 마음먹었다.

세 번째, 새로운 일에 쉽게 뛰어들 수 있었다. TV 프로그램 〈전지적 참견 시점〉에서 이영자는 캔 화분을 만들면서 이런 말을 했다. '마음먹은 일이 잘 안 될 때는 만만한 꿈부터 꿔라. 너무 높은 꿈은 오래 걸리는데, 그러면 사람이 무기력해지고 자괴감이 들기 쉽다. 나는 캔 화분 만들기처럼 소박한 꿈을 이뤄 가면서 성공하는 습관을 길렀다.' 나도 이 말에 동의한다. 한없이 무기력해질 때면 집안의 가구 위치를 바꾸거나 대청소를 하고, 간단한 운동 후에 그 하루를 일기에 옮겼다. 오늘은 내가 무엇을 해냈는지, 어떤 기분이었는지 아주 사소한 거라도 종이 위로 옮겼다. 그맘때 내가 제일 많이 적었던 말은 '잘했어' '괜찮아' '그럴 수 있어'였다. 작은 성공들로 자신감이 조금 붙기 시작할 때쯤에는 완전 새로운 일에 도전해 봤다. 이전에 하던 일이 게임에서 보스 몹을 잡다 번번이 게임 오버되는 기분이었다면, 아예 처음 시작하는 일은 레벨 1부터 시작하니까 새롭고 재밌게 느껴졌다. 꼭 켠 김에 왕까지 깨야 할 필요는 없으니까, 가볍고 편하게 어디든 뛰어들 수 있었다.

주저앉았을 때는 충분히 아파할 시간도 필요하지만, 이 시기를 어떻게 쓰느냐에 따라서 인생의 좋은 터닝 포인트가 될 수 있다. 그렇다면 지금 나를 힘들게 하는 실패를, 앞으로 남은 인생에 있을 훌륭한 성공의 복선으로 여겨도 좋지 않을까?

내 감정의 에너지를
누구에게 쏟을 것인가

○

첫인상은 30초 안에 결정되지만, 그 첫인상을 바꾸려면 최소 40시간, 60번의 만남이 있어야 한다는 연구 결과가 있다. 그러니까 나를 이유 없이 싫어하는 사람이 있다면 적어도 그 사람을 40시간이나 만나야 나에 대한 인상을 바꾼다는 건데, 그게 가능은 할까? 좋아하는 사람을 만나기도 부족한 시간에, 도대체 누가 싫어하는 사람을 60번이나 만나고 싶어 하겠는가.

누군가를 싫어하는 이유는 가지각색이다. 명확한 이유가 있을 때도 있지만, 대개는 들어보면 애매하고 사소하다. 목소리가 너무 커서, 코 옆에 점이 마음에 안 들어서, 밥 먹는데 젓가락질을 이상하게 해서, 셔츠를 입을 때 바지 속에 넣어 입어서 등등 별거 아닌 이유들이 비호감을 만든다. 목소리를 작게 하고, 코 옆에 점을 뽑아 버리고, 에디슨 젓가락으로 젓가락질도 교정하고, 셔츠도 바지 바깥으로 빼 입으면, 그 사람이 날 좋아해 줄까? 그럴 리가.

영화 〈500일의 썸머〉에는 이런 장면이 있다. 톰이라는 남자 주인공은 여주인공 썸머의 미소, 머리카락과 무릎 그리고 하트 모양의 점, 입술을 핥는 버릇과 특유의 웃음소리, 자는 모습이 사랑스러워서 좋다고 말했다. 하지만 헤어진 후에는 그 모든 것들이 그녀가 싫은 이유라고 말한다. 이렇게 누군가를 좋아하거나 싫어하는 이유는 아주 제멋대로다. 원인에서 결과가 도출되는 것이 아니라, 이미 결과가 있고 그 이후에 원인을 찾는 것이다.

살다 보면 나를 향해 가시를 세우는 꽃들도 많을 것이다. 그 꽃에서 아무리 좋은 향기가 난다고 해도 그대를 볼 때마다 날카로운 가시로 위협하려 든다면, 일부러 그 꽃을 끌어안아 상처 입을 필요는 없다. 어쩌면 당신의 주변에는 고개만 살짝 돌려도 나를 끌어안아 줄 진심 어린 꽃들이 가득할지 모른다. 그런데 눈앞에 그대를

최소 투자 최대 행복의 원리.

아프게 하는 사람에게만 집착한 나머지 매일 괴로워한다면 삶이 너무 서글프지 않을까. 이유 없이 나를 싫어하는 사람이 있다면 이유 없이 나를 좋아해 줄 사람도 분명히 있다.

우리가 쏟을 수 있는 정성은 무한하지 않으며, 감정도 배터리처럼 쓰다 보면 방전이 된다. 그러니 한정적인 에너지를 엄한 데다 쓰고 나면, 나를 사랑해 주는 사람들에게 정작 나눠 줄 마음이 부족해질 수 있다. 만약 지구상의 모든 이들이 나를 싫어하는데 그중 단 한 사람만 나를 사랑한다고 치자. 그렇다면 날 싫어하는 다른 모든 이에게 공평하게 마음을 쓰기보다는 그 에너지로 나를 사랑하는 단 한 사람을 완전히 행복하게 만들어 주는 것. 이게 감정이란 에너지를 현명하게 사용하는 방법이지 않을까.

그러니, 제 감정은 꼭 필요한 분만 받아 주시길.

평가받는 것을
두려워하지 말자

완벽주의는 사실 겁쟁이에 불과하다. 평가받는 걸 무서워하는 사람들의 궁색한 변명 중 하나가 바로 '아직 완벽하지 않아서'다. 왜 그렇게 단언하냐고? 나 역시 완벽주의의 뒤편으로 도망쳐 본 적이 많기 때문이다. 기한에 맞춰 완성한 결과물에 만족하는 경우가 거의 없었고, 할 수만 있다면 평가받기 전에 시험지를 씹어 먹고 싶었던 적도 많았다. 이런 사람들은 스스로 닦달하며 완벽한 결과물을 내뱉으라고 채찍질하지만, 정작 자신도 완벽이 무엇인지 설명해 보라고 하면 입을 다물게 된다.

완벽이 노력으로 만들어지는 것이라면, 한 작업에 시간을 많이 들인 사람은 무조건 걸작을 만들어야 한다. 하지만 매번 그렇지는 않다. 몇 날 며칠을 공들여 준비한 플랜A는 클라이언트의 선택을 족족 빗겨나가고, A를 받쳐 주기 위해 30분도 안 돼서 만든 대안 B, C가 선택되는 경우도 흔하다. 또 단시간을 들여 만들었지만 중독성 있는 멜로디로 오랜 시간 사랑받는 히트곡이나, 가벼운 마음으로 시작했지만 끝이 창대해진 도전들을 보면 나에게 최선이 아닌 일도 남에게는 최선처럼 보일 때가 있나 보다.

생각해 보면 타인을 만족시키는 건, 비단 노력만의 문제는 아니었다. 자기만족으로 끝날 게 아니라 세상에 내놓을 목적이라면, 완성을 미룬다고 완벽해지지 않는다. 우리가 계속 이러는 이유는 압박감 때문이다. 매를 맞기 싫어서 먼저 맞는 게 아니라, 매를 맞기 싫어서 자기 자신을 때리며 자책한다. 그러나 우리는 이미 알고 있다. 일을 미룰수록 압박감은 더 커질 뿐이고, 자신을 채찍질하는 것으로는 아무것도 해결되지 않는다.

옛말에 돌다리도 두드려 보며 건너라고 했던가. 시골 냇가에서 돌다리 좀 건너 본 사람들은 알겠지만, 돌다리는 두드려 봐도 모른다. 암만 손으로 톡톡 쳐 보아도 발을 내디뎌 무게를 지탱하기 전까지는 빠질 돌인지, 안 빠질 돌인지 알 수가 없다. 우리가 완벽하게 안전할 때까지 아무것도 하지 않는다면, 결국 돌다리를 두드려 보기만 하다가 건너지도 못하게 될 것이다. 빠지고 깨지면서 흠뻑 젖어 생쥐 꼴이 되어도, 다시 다리를 딛고 건너는 놈이 두드리기만 하는 놈보다 훨씬 멀리 간다. 완벽함은 조악한 완성에서 탄생하는 것이기에, 물에 빠질 수도 있다는 두려움을 이겨내는 것부터 시작이다. 물에 빠지면 다른 돌을 딛고 걸으면 된다. 여기서 흥미로운 사실, 돌다리는 얕은 물에만 놓을 수 있다. 빠져 봤자 별것 아니라는 뜻. 그러니 고민할 시간에 일단 건너 보자.

그릇은 크기보다
용도가 더 중요하다

전에 살던 동네에는 겨울에도 사람들이 줄을 서서 먹는 만둣집이 있었다. 나도 퇴근 후에 한참을 가게 앞에서 기다리다가 1인분의 고기만두를 포장해 가곤 했다. 고단한 하루와 한겨울 칼바람에 온몸이 얼어붙어도, 따끈한 그 집 만두를 한입 베어 물면 지친 하루가 따뜻하게 녹는 기분이 들었다.

그날도 나는 퇴근길에 만두를 사 왔고, 그걸 담을 식기들을 부엌에서 찾고 있었다. 만두를 놓을 만한 넓은 접시는 찾았는데, 커다란 식기들 사이로 간장을 담을 종지가 보이질 않았다. 만두의 따끈한 온기가 가시기 전에 먹고 싶어서, 급한 대로 아무 그릇이나 집었다. 국그릇이었다. 영 찜찜하긴 하지만 널따란 국그릇에 간장을 담았다. 반의반의 반의반도 안 찼다. 간장이 되게 볼품없이 느껴졌다. 만두 접시보다 더 커다란 그릇이라니, 왠지 간장도 더 많이 찍히는 기분이다. 내가 찾던 그릇은 손바닥만 한 크기로 만두에는 간장을, 브로콜리에는 초장을, 순대에는 소금을 담아 찍어 먹기 딱 좋은 크기였다.

"종지가 참 편했는데."

세상을 담을 큰 그릇의 사람이 되고 싶었다. 그런데 이 사회에서, 나는 특별하다기보단 흔하고 흔한 그릇에 불과했다. 삼시 세끼 밥상에 올라가는 밥그릇이거나, 반찬들을 먹기 좋게 담아내는 얕고 작은 접시. 그게 나였다. 그래서 나의 흔함에 실망했고, 세상을 담는 커다란 그릇들을 시기했다. 그런데 돌이켜 생각해 보니 내가 다른 것들의 크기를 부러워할 필요가 있었는가 싶다. 그릇은 크기와 상관없이 무슨 용도인지가 더 중요하니까. 생각해 보면 발에 차이듯 흔한 그릇은 결국 사람들이 제일 많이 찾는 그릇이다. 대접만한 그릇에 쥐똥만큼 밥을 퍼다 먹는 것보다는, 집구석마다 있는 딱

알맞은 크기의 밥그릇 정도가 밥을 담기에 적당하다.

세상은 애초에 담길 만한 무언가도 아닐뿐더러, 그런 그릇은 분명 크고 무거울 것이다. 괜히 설거지만 힘들고, 놓치면 깨지기 십상이다. 써본 사람은 다 안다. 큰 그릇은 생각보다 쓸 데가 없으며, 자고로 그릇이란 가볍고 튼튼한 게 최고라는 걸. 그러니 기죽지 말라. 한껏 크기를 키워 뭘 담아야 할지 모르겠는 애매한 그릇보단, 따뜻한 밥 한 공기 소복하게 담을 만한 크기로 사는 것도 좋다. 이런 나도 누군가의 배를 따뜻하게 해 줄 수만 있다면, 그것도 그것대로 꽤 괜찮은 삶일 테니까.

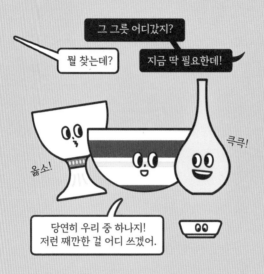

일단
삽질이라도 해 봅니다

"너무 이것저것 하지 마. 한 우물을 파야 성공하는 거야."

어린 나는 자신감에 넘쳐 밤마다 새로운 미래를 꿈꿨다. 모든 걸 할 수 있을 것만 같아서 장래 희망도 수십 번을 갈아 치웠다. 과거의 나에게 여러 경험을 해 보라고 응원했던 사람들은, 내가 점점 나이를 먹자 하나에만 집중하라며 말을 바꿨다. 그렇게 성인이 되고 나니 몸은 옛날보다 커졌지만, 남들의 시선 속에 더 작아지는 내가 있었다. 혹시 내 행동을 주변에서 무모하다 여기진 않을지, 끈기 없고 철없다고 평가하진 않을지 고민하게 됐다. 그러다 보니 자연스럽게 새로운 일에 도전하는 횟수가 줄어들었다. 여태까지 반복해서 익숙해진 이 일보다, 다른 일을 더 잘할 자신이 없었던 것이다. 결국엔 다른 우물은 외면한 채 묵묵히 파던 땅에나 몰두한다. 그러자 주변에서는 말한다. 너 이제 철들었다!

남들은 한 우물을 파야 성공한다고 말한다. 그래도 우리는 가끔 다른 우물이 궁금해진다. 깊게 파던 일을 포기하고 다른 일에도 도전해 보고 싶은데 주변의 눈치도 보이고 나 또한 내 삶이 흔들리게 될까 무섭다. 그래서 '파던 게 아까우니까 하던 일이나 마저 하자'라고 생각하게 된다. 이렇게 다른 우물을 찾아 나서고 싶어질 때, 우리는 어떻게 해야 하나. 가야 할까, 말아야 할까?

누군가는 내게 그 우물이 돈이 되는 우물인지 알아보라 말했다. 하지만 그걸 지금 알 수는 없다. 불과 몇 년 전만 해도 '말을 잘하는 것'과 '게임 잘하는 것'은 돈이 되는 재능이 아니었다. 하지만 지금 아이들이 꿈꾸는 직업 1위는 모니터 앞에서 화려한 언변을 자랑하는 유튜버이고, 우리나라를 대표하는 프로게이머들은 세계 대회만 나가면 높은 성적을 기록한다. 어쩌면 과거 '꼴통'이라 불린 아이들 몇몇은 국위 선양할 프로게이머나 창조적인 콘텐츠를 만들 인재로 자랐을지도 모를 일이다. 하지만 그들은 당시 돈이 되는 재능이 아니란 이유만으로, 시도조차 해 보지 못하고 부모님의 등쌀에 떠밀려 갔다.

또 누군가는 내 가슴을 뛰게 하는 일을 찾으라고 했다. 그런데 이건 앞뒤가 바뀌었다. 일단 뭐든 해 봐야 뛰는지 안 뛰는지 판단할 수 있는 것 아닌가. 건너편에서 낭만 가득한 눈으로 바라본 꿈의 직업도 가까이서 보면 꿈이 아니라 지옥일 수 있다. 이렇게 주변의 의견을 하나둘 듣다 보니, 결국 땅을 파는 시간보다 삽을 들고 고민하는 시간이 더 길다. 백번을 뚫어지게 쳐다봐도 땅의 겉면만 보고는 땅 아래 뭐가 흐르는지 알 수가 없다. 실컷 삽질한 결과를 허투루 만들지 않기 위해 우리는 오랜 시간 땅을 뚫어지게 바라보며 고민하지만, 대부분은 삽 한번을 땅에 꽂지 못하고 뒤돌아선다.

물론 한 번도 해 보지 않은 일을 시도할 때 용기보다 두려움이 앞서는 건 당연하다. 잘 될 거란 확신이 없으니, 지금 와서 새로운 일에 도전하며 위험을 감수하는 게 무서워진다. 그렇게 사람들은 나이를 먹으면서 철이 드는 게 아니라 겁을 먹게 된다.

그런데 우리가 지금 파는 이 땅에서 반드시 수맥이 터져야 할까? 삽질하는 시간은 정말 가치가 없을까? 삽질을 통해 당장 결과를 내기보단 삶의 근력을 키운다고 생각해 보자. 많이 도전해 볼수록 어떤 땅이 적합한지, 땅을 팔 때 체중은 어떻게 실어야 하는지를 몸으로 익히게 될 것이다. 여러 번 삽질하며 파던 땅을 옮겨 봐도 좋다. 남들의 야유에 주눅 들지 않고 자신에게 집중하며 원하는 땅을 마음껏 파헤치자. 그렇게 다른 사람이 한 우물만 파는 동안에 우리는 오만 가지 지형을 파본 노하우로 삽질의 달인이 되어 더 새로운 걸 만들 수도 있다. 당신이 만들고 싶은 것이 우물을 넘어 지하 수로든, 수영장이든, 그 무엇이든 좋다. 땅은 우리가 바라만 본다고 스스로 파헤쳐지지 않는다. 정말 도전해 보고 싶은 땅이 눈앞에 있다면 제일 먼저 해야 할 일은 삽을 들고 땅에 꽂는 것이다.

삽질해서 우물이 안 나오면?

내가 물 채워서 수영장으로 쓰지 뭐!

그건 그냥
성공하고 싶은 거야

○

　한때 나는 일러스트레이터를 꿈꿨다. 그러니까 정확히는 일러
스트레이터로 '성공'하는 걸 꿈꿨다. 어떤 전시에 갔다가 그 작가
의 그림과 일생을 보게 되었는데, 내 눈에 너무 멋져 보인 것이다.
대중들에게 '작가님'이라는 소리를 들으며, 아이맥 두 대와 신티
크_{액정} 태블릿가 있는 넓은 작업실에, 벽면은 온갖 힙한 아이템들로
가득하고, 유명한 잡지에 자신만만한 표정으로 턱을 만지며 45도
고개를 들고 찍은 흑백사진이 실린 삶. 그리고 인터뷰에서 한마디.

"좋아하는 일을 멈추지 않고 했습니다. 지금도 여전합니다."

겁나 멋있다. 이렇게 살고 싶다! 내가 하고 싶은 일을 하면서 성공하는, 낭만 가득한 삶을 살고 싶다. 나도 그림 그리는 건 예전부터 좋아했으니까, 이 사람처럼 될 수 있을 거야. 지금 비록 힘들더라도 인내와 고난의 가시밭길 끝에는 성공이 기다릴 것이다. 나는 그때, 축배를 들면서 이 사람처럼 말해야지. '하고 싶은 일을 하십시오. 결국에는 성공할 것입니다.' 여기서 질문. 나는 과연 그림이 그리고 싶었을까, 아니면 성공하고 싶었던 걸까?

하고 싶은 일을 하는 게 맞는가, 잘하는 일을 하는 게 맞는가?

사실 정답은 없다. 하지만 함정은 있다. 답을 찾기에 앞서 이것부터 생각해 보자. 내가 하고 싶은 일로 '성공'을 하고 싶은 건지, 아니면 하고 싶은 일을 그냥 '하고' 싶은 건지. 대부분 꿈을 물어보면 이렇게 대답하는 경우가 많다. (그림)으로 성공하기, (의사)가 돼서 부자 되기, (유튜버)로 유명해지기. 그런데 이건 사실, 괄호 안보다 괄호 밖의 '성공, 부자, 유명세'를 원하는 게 아닌가?

물론 하고 싶은 일이 잘하는 일이라면 좋겠지만, 대부분은 두

이 문제의 답이 어디 있느냐 하면!

거기 있지!

우리는 가끔 당연한 답도 잊고 살아요.

개가 다르거나 하고 싶은 일이 맘처럼 잘 되지 않는 경우가 많다. 이런 상황에서 '성공'이 하고 싶은 거라면, 오히려 잘하는 일을 계속하는 게 더 합리적으로 보인다.

그럼 하고 싶은 일이란 도대체 무엇일까. 나는 자코 반도르말 감독의 〈이웃집에 신이 산다〉라는 영화에서 답을 얻었다. 이 영화에서 신의 딸인 에아는 인류에게 그들의 사망일을 문자로 전송해 버린다. 심보가 고약하며 인간에게 고통 주길 좋아하던 신은 그 사실을 알고 분노하며 이렇게 말한다.

"인간들은 말이지, 언제 죽을지 모르니까 나한테 꼼짝 못하는 거라고! 그래서 하루하루 살얼음판 위를 걷는 듯이 긴장하는 거야! 근데 죽는 날을 알면, 누가 개고생을 하겠어? 다 하고 싶은 거 하지! 이제 알겠어?"

정말 수명이 얼마 남지 않은 사람들은 신의 말처럼 하고 싶은 대로 살았다. 내일 또는 다음 주에 당장 죽을 사람이 오늘부터 일을 시작해서 성공할 확률은 제로에 가깝다. 그러니 죽음을 앞두고 머릿속에 떠오르는 것이 있다면, 이게 진짜 내가 하고 싶은 일이지 않을까? 타인이 인정해 주지 않아도 괜찮은 일. 거기서 오는 고생이란, 적어도 이유 없는 개고생은 아닐 것이다.

이 난제는 내 지향점이 어디인지부터 파악해야 한다. 둘 다 각기 다른 위험을 품고 있으며, 그래서 절대적인 정답이 없다. 하지만 착각으로 함정에 빠질 수는 있다. 지금 하는 '잘하는 것'을 던져 버리고 '하고 싶은 것'을 하려 할 때, 내가 혹시 착각하는 건 아닌지 생각해 보자. 인생의 가시밭길 끝에 멋진 보상 따위가 없을 수도 있다. 그런데도 길가의 은은한 꽃향기가 좋아서 가시 위를 계속 거닐고 싶다면, 그것이 진짜 하고 싶은 일이 아닐까. 하고 싶은 일을 고른다고 대단한 것도, 잘하는 일을 고른다고 속물인 것도 아니다. 이 선택에서는 무엇보다 자신에게 솔직한 게 중요하다.

무지한 걸 모르는 게
무지무지 나쁜 겁니다

○

만약 죽기 전에 우리의 도덕적 감수성을 성적표로 받는다면 어떨까.

1점 : 어떤 사건에 기본적으로 공감할 수 있다.

2점 : 어떤 사건에 기본적으로 공감할 수 있으며, 해당 사건을 아우르는 사회적 문제에 대한 배경지식을 가지고 남에게 자신의 견해를 설명할 수 있다.

3점 : 어떤 사건에 기본적으로 공감할 수 있으며, 해당 사건을 아우르는 사회적 문제에 대한 배경지식을 가지고 남에게 자신의 견해를 설명할 수 있다. 또 타인에게 일어난 일을 나의 일처럼 공감하고 문제 해결을 위해 행동할 수 있다.

다양한 사회문제에 한 문제당 이런 배점이 주어진다면, 우리는 몇 점이나 받을 수 있을까. 학창 시절의 수능을 생각해 보자. 대부분의 아이들은 만점 혹은 1등급을 소망했다. 누구도 낮은 점수를 좋아하진 않았다. 하지만 모두가 고득점을 받을 수 있는 건 아니었고, 전 과목 만점을 받으려면 하루 10시간 이상을 빡세게 공부해도 힘들었다. 다들 알 것이다. 공부는 겁나 어렵고, 하나를 알면 10개를 더 알아야 하며, 세상에는 공부 말고 재밌는 게 너무 많다. 누군가는 공부가 제일 쉬웠다고 말했던 것 같은데, 적어도 나는 아니었다. 그런데 무식이 죄인가. 학생은 공부가 본분이니 공부 못하는 학생은 나쁜 걸까? 당연히 아니다.

무식 자체는 죄가 없다. 공부 좀 못한다고 죽을죄를 지은 건 아니듯, 우리는 인생의 도덕 시험에서 1등급으로 마무리를 해도 되고 9등급으로 마무리를 해도 된다.

하지만 자신의 무지에 대해 무지한 것은 나쁘다. 대부분의 사

회 문제들은 무식해서가 아니라, 무식한 놈이 자기가 똑똑한 줄 알아서 일어난다. 문명이 발달할 때마다 크고 작은 다양한 문제가 생기지만, 결국 답은 하나의 물음에서 찾을 수 있다. 이것이 도덕적으로 온당한가. 여기서 공감 우등생들은 평등, 평화, 사랑 등의 가치를 실현하기 위해 생을 바쳐 싸워 이기기도 하고, 공감 열등생들은 자신의 이기심과 싸워서 매번 패배한다. 그런데 이때 열등생이 우등생을 비난하며 유난 좀 그만 떨라고 야유할 자격이 있을까?

사람은 모두 빈틈이 있다. 하지만 그걸 아는 사람과 자신이 완벽하다고 착각하는 사람은 완전히 다르다. 내가 어떤 문제에 대해 썩 좋은 답을 줄 수 없다고 느낀다면 즉, 공감 열등생이라고 느낀다면 적어도 자신의 무지를 인정하는 게 우선이다. 혹은 앞서 나가는 학생들에게서 배우거나 그 우등생을 지지해도 좋다. 이것이 사회를 위해 그들이 할 수 있는 최선 아닐까? 부끄러운 것은 낮은 성적이 아니라, 그 성적을 받고도 자신의 무지를 인정하지 못하는 자세다.

'NO ○○○',
언젠가 나에게
돌아옵니다

○

얼마 전 단골 식당에 갔다가, 문 앞까지만 가고서 돌아 나왔다. 창문에 영어로 조그맣게 'NO KIDS ZONE'이라고 적혀 있었기 때문이다. 물론 전부 어른들뿐이라 들어갈 순 있었지만, 나는 사회화에서 실전 경험이 얼마나 중요한지 뼈저리게 알고 있기에, 그 식당 운영 방침에 동참해 줄 수가 없었다. 그렇게 단골 식당이 하루아침에 사라졌다.

발달 장애를 겪는 아이는 사람이 많고 시끄러운 곳에 가면 갑자기 귀를 막거나, 스트레스로 인해 소리치며 뛰기도 한다. 모두가 똑같지는 않지만 대부분 비슷한 반복 행동을 보인다. 그래서 장애 아를 둔 가족은 음식이 무방비하게 노출되어 있는 뷔페나, 칸막이가 없는 식당, 혹은 사람이 빼곡한 대중교통, 조용한 카페 등을 이용하는 데 어려움이 있다. 그에 반해 내 동생은 얌전하고 조용하다. 자기 앞에 놓인 음식만 먹어야 하고, 밖에서 소리치고 난동을 부리면 혼난다는 것쯤은 알고 있다. 이걸 알게 하려고 우리 가족은 15년 동안 동생을 가르쳤다.

어릴 때 동생은 슈퍼를 그냥 지나치는 법이 없었다. 무조건 들어가서 초코바를 집고, 계산하기 전에 뜯어 제 입에 넣었다. 그때마다 우리는 가게 주인에게 사과했고, 돈을 주고 계산하면서 동생에게 말했다.

"이게 돈이야. 이게 있어야 초코바를 먹을 수 있어. 계산하기 전까진 먹으면 절대 안 돼!"

파란 종이와 동그란 쇳덩이를 쥐어 주며 이것과 초코바를 교환해야 한다고 말했다. 그 과정을 4년이나 반복하고 나서야 슈퍼에 들어가도 얌전히 엄마만 바라보는 아이가 됐다. 대신 '빨리 계산하세요. 얼른 입에 넣고 싶어요'라는 눈빛으로 바라보긴 했지만, 들어가자마자 난장을 벌이는 것보단 나았다. 그 후로 식당에서 다른 테이블 음식은 먹으면 안 된다는 걸 가르치는 데 6년, 대중교통에서는 뛰지 않아야 한다는 것도 5년, 이 당연한 것들을 장장 15년 동안 가르쳤다.

그 시간 동안 셀 수도 없이 많은 사람들을 불편하게 했다. 굳이 사람들이 입 밖으로 꺼내지 않아도 눈빛으로 느껴졌다. 그래도 우리는 이 아이를 밖으로 데리고 나가야 했다. 나이를 먹고 몸집이 커졌을 때 밖에서 난동을 부린다면 서로 더 곤란해질 것이다. 동생이 사회 속에서 살려면 반드시 사회인이 되어야 했다. 집에서 하는 백번의 교육보다는 한 번의 실전이 나았다. 15년 동안 많은 이들에게 고개 숙여 오면서 동생은 민폐를 끼치면 사과해야 한다고 배웠다. 하지만 얌전히 있으면 사과할 일이 생기지 않는다는 것도 배울 수 있었다.

나도 시끄러운 것을 싫어한다. 내 돈 내고 얻은 내 공간을 침해받고 싶지도 않다. 날 불편하게 할 수 있는 건 보기도 싫으니까 애초에 차단하면 좋겠다. 그러나 날 때부터 문명인으로 태어난 사람은 없다. '나는 아닌데'라고 말하는 사람들은 기억을 못 하는 것이다. 조그만 꼬맹이도 생떼 쓰며 누웠다가 대판 혼나 봐야 밖에서는 조용히 해야 한다는 사실을 배운다. 지금 머리가 다 커 버린 어른들도 살면서 누구 하나 불편하게 하지 않은 적은 없었다. 많은 사람들은 '다 경력직만 뽑으면 나 같은 신입은 어디서 경력을 쌓느냐'는 말에는 공감하면서, 어린이에게는 어른이 될 기회를 주지 않는다. 아이들도 성숙해질 기회가 필요하다.

누군가는 자신의 자유를 침해받고 싶지 않아서 '노 키즈 존'을 지지한다고 말한다. 생각이야 자유라지만, 그렇다면 어릴 때 'NO'만 들어온 아이들이 커서 '노 늙은이 존' '노 틀딱 존' 따위를 만들어도 불평하지 않았으면 좋겠다. 사회화가 진즉에 됐어야 할 어른들도 더럽게 시끄러워 민폐일 때가 많은데 말이다.

'NO'를 들어 온 아이들이 어떻게 'YES'를 외칠 수 있을까? 어쩌면 우리가 나답게 살기 힘든 것도 안 된다는 말을 너무 많이 들어서 그런지도 모른다. 자랄 아이들에게는 나다운 것을 선택할 기회를 주자.

불쌍해야
도와주는 건가요

엄마는 평소 옷을 갖춰 입는 걸 좋아한다. 말끔한 것, 깨끗한 것을 사랑한다. 그래서 남동생 옷도 신경 쓰는 편이다. 마찬가지로 동생도 엄마를 닮아 정돈된 것을 좋아한다. 성격이 둘 다 밝아서 매번 웃고 다니는데, 죽이 꽤 잘 맞는다. 동생이 어디 가서 민폐 끼치지 않는 이상 발달 장애 자체가 죄는 아니니, 우리 가족이 딱히 주눅 들 일은 없다.

그런 두 사람이 장애 아이들과 그들의 부모님이 동행하는 여행

을 갔다. 둘은 전날부터 잔뜩 들떴다. '여행 가는 게 그렇게 좋냐'
는 내 물음에 엄마는 '나가면 다 좋지 뭐'라며 히죽댔고, 아들과
드레스 코드도 맞췄다. 가서도 좋은 곳에서 사진 찍고, 맛있는 걸
먹으며 잘 다녀온 것 같았다. 그런데, 다음 날 그녀가 꽤 시무룩한
표정으로 식탁에 앉아 있는 것이다. 나는 '왜 잘 놀고 와서 죽상이
야'라고 툭 치며 물었고, 그녀는 망설이다가 여행지 단체 사진을
보여줬다. 사진 안에는 남들보다 유난히 밝은 엄마와 동생이 예쁘
게 웃고 있었다. 엄마는 오늘 사진을 받으러 갔다가 어느 보조 교
사가 스쳐 지나가듯 말하는 걸 들었다고 했다.

"이 집처럼 장애 아들 둔 것 같지 않게 옷에나 신경 쓰고, 너무
밝은 것도 문제야."

나는 그만 할 말을 잃었다.

누군가에게는 태어날 때부터 팔다리와 눈이 두 개, 코와 입이
하나인 것이 너무 당연하다. 보고 만지고 숨 쉬고 뛰는 것도 당연
하다. 이렇게 '당연하다' 말하는 다수가 그렇지 않은 부류를 두고
'약자'라고 칭한다. 약하기에 불쌍히 여기고, 그들의 고통을 가엾
다고 말하며 연민한다. 인권의 사각지대 안에서 행복한 사회적 약

자에 대해 우리는 내심 어떤 생각을 하는가.

약자는 다른 인간과 평등한 권리를 가져서가 아니라, 불쌍해서 보호받아야 하는 걸까? 이런 전제에서 행복한 약자의 인권은 보호받기 모호해진다. 그들이 불쌍해 보이지 않기 때문이다. 선악, 미추美醜를 뛰어넘어야 할 인권에 붙은 '약하다'라는 단어는 편견을 낳을 수밖에 없다.

우리는 때때로 약자이면서 강자이다. 어느 날 눈을 떴는데 앞이 보이지 않을 수도 있고, 평생 아프지 않겠다고 마음먹어도 병마는 사람을 골라 가면서 찾아가지 않는다. 만약 우리가 하루아침에 인권 보호 대상자가 되었다고 해서 남의 눈치를 보면서 밥을 먹어야 하고, 공공시설 이용에 불편을 겪으며 주눅 들어야 하는가? 우리는 어제와 다르지 않은, 똑같은 사람이다. 우리의 행동도 달라질 필요가 없다. 다만 '사회적 상황' 때문에 차별받을 뿐이다. 사람이 아니라 사회적 상황이 개선되어야 하며, 비대상자가 보호 대상자를 보는 인식이 바뀔 필요가 있다.

인권 보호란, 보호 대상자와 비대상자 간의 기본권 격차를 줄이기 위한 일이다. 주눅 들어 있어서, 착하니까, 참고 산 인생이 불쌍해서 주는 군만두 서비스 같은 게 아니다. 개인이 불쌍하지 않아도 그들은 우리와 똑같이 누릴 것을 누려야 한다. 이것이 우리가 가져야 할 인식이다.

약하기 때문에 불쌍해야 한다고 생각하면 편견이나 증오가 싹틀 수 있다. '저 사람은 지금 기분 좋아 보이는데 내가 왜 쟤를 도와야 하지?' 개인의 성격이나 옷차림, 행복의 여부는 그의 인권이 보장받아야 하는 이유와 아무런 상관관계가 없다. 인권 보호의 최종점은 보호받지 않아도 다 같이 문제없이 잘 살아갈 수 있는 삶이다. 그런데 왜 보호 대상자가 계속 불쌍하길 바라는가. 그들은 당신의 모자란 자존감을 채우려고 있는 사람이 아니다. 그렇기에 비대상자 앞에서 주눅 들거나 부끄러워해야 할 필요가 없다. 오히려 당당하고 큰소리로 제 권리를 주장할 수 있어야만 한다. 힘이 실린 목소리를 내는 것이 그들에게는 '진짜 나'를 찾는 길이 된다.

이렇게 말해도 와닿지 않을 누군가에게. 누군가 당신을 거지 취급하며 500원을 던져 준다면, 그것이 진짜로 고마울지 생각해 보라. 상대적 약자에게 값싼 동정을 베풀며 안도감을 얻을 시간에 나 자신을 돌보고 키우는 게 어떨까 싶다.

3장
★
내 사람은
내가 만든다

사는 것은
내 수족관을
가꾸는 일

○

세상을 살아가는 방식은 여러 가지가 있고, 어떤 선택을 하느냐에 따라 결과는 달라진다. 목표 없이 좋아하는 일을 계속하다 자기가 원하는 성공을 이룬 사람, 누구도 발견하지 못한 불모지를 당당하게 개척한 사람, 뭔가 특별한 걸 이루지 않아도 인생에 후회가 없는 사람. 우리는 흔히 인생을 길이라 비유하지만, 인생이 정말 트랙이 정해진 길이라면 길 밖에서 행복한 사람들은 어떻게 설명할 것인가. 스스로 지친 것 같이 느껴질 때면 잠시 숨을 고르고 주변을 둘러보자. 그리고 생각하자. 정말 인생이 길인 걸까? 나는 계속 나아가야만 하는 걸까?

사는 것은 마라톤이나 여행보다는 수족관을 가꾸는 일이라고
생각한다. 난 그저 가만히 시간이란 급류를 타고 내려오는 열대어
를 뜰채로 낚아채 내 수족관에 넣어 기른다. 수족관의 관리인으로
서 어항 속 먹이는 적당히 있는지, 또 물이 너무 탁하진 않은지 항
상 주의 깊게 바라봐야 한다. 물고기만 많이 혹은 빨리 낚는다고
잘 키울 수 있는 것도 아니다.

그렇게 봤을 때 인생에서 잠시 쉬어가는 시간은 수족관의 물을
기르는 일이다. 사방이 갇힌 수족관은 물고기를 기르기 전에 물을
먼저 길러야 한다. 물을 기른다는 의미는 물고기가 안정적으로 살
아가는데 필요한 박테리아를 번식시키는 일을 말한다. 이 기간에
는 전혀 급할 것이 없다. 그냥 기다리면 된다. 한 달 정도의 여유를
갖고 물을 기르다 보면 열대어가 살아갈 좋은 환경이 만들어진다.
개중에는 그 기간을 기다리기 힘들어 중간에 열대어를 넣는 사람
도 있다. 그러나 물을 충분히 기르지 않은 상태에서 열대어를 수족
관에 넣는다면 스트레스를 받게 되어 면역력이 계속 약해지며, 그
렇게 시름시름 앓다 죽을 수도 있다. 그래서 물을 기르는 일은 물
고기를 기르는 일 만큼이나 중요하다.

우리가 뒤처진다고 생각하는 순간이 사실은 가장 중요한 타이밍일지 모른다. 열대어를 지금 당장 넣고 싶은 마음은 이해하지만, 잠시 쉬어간다고 서두르거나 불안해 하지는 말자. 열대어가 살아갈 환경이 잘 조성될 수 있도록 휴식을 통해 물을 기르는 중이니까. 그리고 이 휴식은 꼭 필요한 시간이니까.

나 자신이 정체된 것 같아 불안할 때, 나는 생애 마지막 날의 수족관을 생각한다. 수초 사이를 스쳐 지나가는 노란 디스커스 무리를 상상한다. 지금 잠시 쉬어가도 좋다. 섣불리 열대어를 넣었다가 놀라지 않도록, 지금은 나를 기르는 중이다. 잠시 고요해 보여도 좋은 물을 길러 낸 우리의 어장은 분명 멋지고 아름다워질 것이다.

고민하고 있다면
더 좋은 방향으로
나아가는 중이다

말은 제주로, 사람은 한양으로. 타지에서 올라와 서울에 살면서 나도 그 '사람'이란 게 되어 보고 싶었다. 문제는 '서울 공화국'이라는 곳은 내게 사람이 될 기회의 땅이 아니었다는 것이었다. 월급의 반절을 베어 가는 월세, 그런데도 여전히 불안한 주거 문제와 안정적이지도 행복하지도 않은 삶. 그때 문득 이런 생각이 들었다. 기회는 땅 따위가 아니라 내가 만드는 게 아닌가? 그럼, 어디에 살든 그건 중요하지 않잖아. 그 겨울 나는 '앞으로 어떻게 살아야 하는가'를 머리가 터지게 고민하고, 또 고민했다.

그렇게 쭉 사시면 되겠는데요?

꽤 많은 사람들이 자신의 미래를 근심하고 걱정한다. 신기한 건 잘하고 있을수록 더 길을 헤맨다는 것이다. '나 잘하고 있는 건가?'라는 물음은 노력하는 자만이 해 온 질문이었으며, 매번 질문을 던지는 자는 풀어야 할 문제에 애정을 가진 사람이었다. 항상 그랬다.

어떤 고민은 진지하게 10분만 집중하니 답이 나오기도 했고, 또 어떤 것은 밤을 꼬박 새워도 질문조차 이해하지 못할 때가 있었다. 답을 알 수 없을 때는 괴롭고 비참했다. 그렇다고 이 비참한 기분이 답을 주진 않았다. 그래서 마음을 달리 먹어 보자고 결심했다.

'고민한다는 건, 어쨌든 내가 좋은 방향으로 나아가고 있다는 거야.'

이렇게 생각한 이후로는 사유에 시간을 쏟는 게 아깝지 않았다. 힘닿는 데까지 고민하다 보면, 이 고민을 내가 해결할 수 있는 것인지 없는 것인지 구분할 수 있었다. 그리고 가끔은 책 한 권을 읽는 것보다 나와 대화하는 게 더 많은 교훈을 주었다. 어떤 고민은 끝을 보고 답을 내린 후에 개운하게 돌아설 수 있었지만, 가끔은 사회적인 입김이 크게 작용하여 정답을 내릴 수 없는 것도 있었고, 또 다른 고민은 그 자체가 답이 되기도 했다. 이렇게 나를 지독하게 괴롭히던 고민은 오히려 나를 나아가게 만들었다.

그러니 부쩍 고민이 많아졌다는 건 좋은 방향일지도 모른다. 아는 것이 많아질수록 주춤하게 되고, 넘기는 문제보단 질문을 던지는 일이 많아진다. 과거에도 삶에 대한 질문을 던진 이들은 어리석은 사람이 아닌 현자였으며, 무능력한 사람보다 지혜로운 사람들의 삶이 더 피곤했다. 게다가 이미 노력하면서도 불안해서 하는 고민은 이미 잘하고 있는 사람들이 제일 많이 하는 짓이다. 어려운 문제를 풀기 위해서는 충분한 풀이 시간이 필요하니까. 우리에게 생각이 많아지는 밤이 늘어난다고 슬퍼하거나 자책하진 않았으면 좋겠다. 생각이 가득한 밤들이 모이고 쌓여 당신을 덮어 주는 따뜻한 이불이 될 테니.

생각의 밤이 괴롭기보단 포근하기를 바라며…

○

사랑하는 가족과 함께할 수 있는 시간은 얼마 정도 남았을까?
가끔은 이런 질문에 대한 답을 영화 속에서 찾을 수 있다. 데이비
드 핀처 감독의 〈벤자민 버튼의 시간은 거꾸로 간다〉라는 영화에
는 점점 젊어지는 벤자민과 늙어 가는 데이지가 같은 시간을 살아
가는 모습이 나온다. 그의 나이 49세, 그녀의 나이 43세로 둘의 나
이와 겉모습이 비슷해졌을 때, 그들은 데이지의 발레 학원 거울 앞
에서 이런 대화를 나눈다.

"나이가 비슷해졌네. 또 달라지겠지만."

"이제야 서로 맞는 것 같아."

"잠깐만, 지금 이 모습을 기억하고 싶어."

벤자민은 데이지의 어깨에 팔을 두르고, 마음으로 사진을 찍듯 오랫동안 거울을 응시했다. 순간이 영원히길 바라는 마음으로.

이상하게 나는 이 영화를 보면서 부모님이 떠올랐다. 부모님과 내가 벤자민과 데이지 같았다. 부모님의 세계를 이해하기에 너무 어렸던 아이는 나이가 들면서 성숙해지고, 굳건하고 높아 보였던 양친의 등은 점점 굽는다. 부모와 자식은 인생을 나란히 걸어가지 않는다. 부모의 전성기에 나는 너무 어리며, 내게 여유가 생기면 그들은 이미 늙어 있다. 길다면 긴 시간을 함께 살아가지만, 우리의 시간이 나란했던 적은 없다.

그런데 이같이 어긋나는 삶에도 교차점은 있다. 양친이 너무 늙지 않고 내가 아주 어리지도 않은, 생각의 나이가 비슷해질 때가 있다. 그 시간은 주의를 기울이지 않으면 없던 것처럼 스쳐 지나간다. 마치 이 영화가 진행되는 3시간 가까이 되는 시간 중에서, 발레 거울 앞의 벤자민과 데이지가 행복을 나누는 시간이 1분 30초밖에

그는 지나가면 다시 볼 수 없는 '시간'이다.

안 되는 것처럼. 바삐 어른이 되는 사람들은 더 그렇다. 행복한 시간은 잔인하리 만큼 빨리 흐르며, 누군가는 소중한 시간이 제 곁에 왔다 갔었다는 걸 모르는 채로 살아가기도 한다.

아마 당신은 많이 바쁠 것이다. 하루가 다르게 변화하는 세상에서 남들에게 뒤처지지 않으려면 쉴 틈 없이 배워야 한다. 늘 시간에 허덕이며 죽어라 일하지만 잔고는 바닥일지 모른다. 어디 그뿐인가. 직장에서 상사에겐 깨지고 후배에겐 치여서 하루도 편한 날이 없으니 마음의 여유도 좀처럼 생기질 않는다. 그런데 인생의 시계엔 중요한 시점을 알려주는 알람 기능은 없다. 우리의 삶을 돌아볼 여유가 생겼을 때는 이미 교차점을 지나쳤을지도 모른다. 하루하루 속력 높여 계속해서 페달을 밟기만 한다면, 우리는 소중한 사람들과 눈짓 한번 제대로 나눌 시간도 없을 것이다.

사람은 과거를 회상할 때만 '그때 참 좋은 순간이었어'라고 말한다. 그리고 삶의 비극은 지나가 버린 시간이 행복이었다는 걸 알때 시작된다. 시간을 되돌릴 수 있는 자는 없다. 하지만 시간을 늦출 수는 있다. 사랑하는 사람과 조금 더 오랫동안 온기를 나누길 원한다면, 어느 순간에는 작은 보폭으로 천천히 시간을 음미하며 걸어야 한다. 서로가 짧은 교차점에서 손 한번 잡지 못하고 그대로 스쳐 지나가지 않게, 빈틈없이 껴안으며 현재를 나눠야만 이별의 순간에 덜 후회할 수 있을 것이다. 짧게만 느껴지는 시간을 늘리는 방법은 어렵지 않다. 천천히 가면 된다. 사랑하는 이들과 손을 맞잡고.

'링크'랑
'하이퍼링크'랑
'주소'랑
뭐가 달라?

엄마는 작은 레코드 가게를 하셨다. 유치원에 가기 전까지 나는 거기서 거의 살다시피 했으니, 그곳의 빼곡한 카세트테이프와 레코드판의 소리가 내 유년 시절 감성을 만들었다고 볼 수 있다. 그 가게의 계산대 안쪽에는 노란 장판이 있었는데, 내가 온종일 하는 일이라고는 그 위에서 뒹굴고, 그림이나 좀 그리다가 조는 것. 그게 다였다고 한다. 부끄럽지만 난 5살이 되도록 말을 못 했고, 남들보다 반응속도가 느렸으며, 아둔했다. 엄마가 부르면 두세 박자 느리게 고개만 갸웃거리는 게 전부였던 아이가 '엄마' 다음으로 말한 것은 '스님'이었다.

"어마, 스님! 스님!"
"스님?"

가게에는 매일 같은 시간에 오는 스님이 있었다. 그래서 처음에 엄마는 아이가 그 스님을 알아봤다고 생각했다. 하지만 이상하게도 아이는 승복을 입은 스님에게만 '스님'이라고 말하는 게 아니었다. 그냥 출입문의 종소리가 울리면 다 스님이라고 하는 것이다. 골똘히 생각하던 그녀는 내 발음과 행동을 보고 깨달았다. 아! 내 딸이 '손님' 발음을 못 하는구나. 그래서 들어오는 손님들을 전부 불교 신자로 만들고 있었구나!

"스님 아니고 손님 해 봐."
"스으님!"
"소온님!"
"스오님!"

나는 '손님'이란 단어만 몇 달을 넘게 배웠다. 엄마가 내 어눌한 발음을 교정해 준 횟수는 최소 몇백 번이 넘었을 것이다. 엄마가 가르쳐 준 것이 어디 그 단어 하나뿐일까. 비둘기는 무늬와 색깔만 달라도 모두 다 다른 종류의 새라고 생각했던 적이 있었고, 길 가다 꽃만 보면 꿀을 먹겠다며 입으로 바로 집어넣던 때도 많았다. 그때마다 저건 생김새가 좀 달라도 다 같은 비둘기이며, 이건 먹을 수 있는 꽃이고 저건 먹으면 안 되는 꽃이라는 사실 또한 엄마에게 배웠다. 하지만 지금 나는 엄마의 그 모든 노고를 다 까먹은 게 분명하다. 스마트폰 어플로 길 찾기 하나 못하는 모습을 답답해 하고, 매장에서 무인 주문기를 쓸 줄 모르는 걸 보며 속 터져 한다.

"이건 어떻게 쓰는 거야?"

"아! 왜 그걸 몰라? 여기 한국말로 쓰여 있잖아. 주문!"

"이거를 누르면 되는 거야? 어렵네."

기술은 무서운 속도로 발전하는데, 그게 딱히 모든 사람을 친절히 배려하진 않는다. 그래서 언택트 디바이드족Untact Divide족, 디지털 환경에 익숙하지 않아 적응에 불편을 겪는 사람들이 늘어나고 있다. 삐삐에서 2G 폰을 거쳐 스마트폰으로, 면대면으로 주문했던 시대에서 무인 주문기로 바뀌면서 도태되는 사람들이 생겨났다. 그중에는 우리의 엄마와 아빠도 있다. 그들에게 새로운 기술 선생님은 딸과 아

들이다. 하지만 그 선생님은 꽤 성격이 더럽고 인내심이 없어 몇 번만 물어도 버럭 화를 낸다.

자식들에게는 모든 게 당연하다. 하지만 부모님은 묻는다. '어플'이 뭘 말하는 거니? 회원 가입을 했는데 왜 또 로그인을 하래? '링크'는 뭐고 '주소'는 뭐니? 그럴 때마다 학구열 넘치는 학생을 둔 탓에 어린 선생님은 머리를 부여잡는다. 그러니까요. 이걸 왜 우리는 다 다르게 쓰는 걸까요.

한두 번은 가르쳐 보지만, 다음 날이면 까먹고 다시 물어보신다. 그러면 참지 못하고 '아! 이리 줘. 내가 해 줄게'가 되어 버린다. '그것 좀 못한다고 굶어 죽는 것도 아닐 텐데, 꼭 알아야 하나'라는 갈등도 생긴다. 근데 요즘은 '그것 좀 못하면' 돈이 있어도 밥을 못 먹는다. 부모님과 무인 주문기만 있고 종업원이 없는 가게에 갔을 때 일이었다. 내가 잠시 화장실에 갔다 온 사이 멍하니 키오스크를 바라만 보고 계시는 부모님을 보는데, 그 모습이 마치 인형을 어떻게 갖고 놀 줄 몰라 세워 놓고 멍만 때리던 어린 시절의 내 모습과 똑같았다.

새로운 기술들은 더 이상 편리를 위한 선택이 아니다. 생존을 위한 필수 수단이 되어 버렸다. 그래서 설명하지 않을 수가 없다. 꿀을 먹겠다고 아무 꽃이나 입에 집어넣던 내게 진달래는 먹어도 되고 철쭉은 안 되는 꽃이란 걸 알려 줬던 부모님처럼, 나는 그들에게 배운 것을 돌려줘야만 한다. 더도 말고 덜도 말고 어린 내가 물었던 만큼만 부모님을 가르쳐 드리려고 한다. 뭐, 횟수로 치면 한 1만 번쯤은 되지 않을까?

"아 이제 주소랑 링크는 알겠다. 그런데 하이퍼링크는 뭐니?"
"……."

그러니까 '링크'랑 '하이퍼링크'랑 '주소'랑은 같은 거예요.
하, 이제 구천구백구십구 번 남았다.

스스로
불행 레이스에
뛰어들 필요가 있는가

○

어느 날 엄마와 TV를 보는데 국제 구호단체에서 기아와 질병에 시달리는 비쩍 마른 아이들을 후원해 달라고 요청하는 광고가 나왔다. 그때 엄마가 이렇게 말했다.

"저것 봐라. 지구 반대편에 너보다 못 살고 못 먹는 애들이 얼마나 많은지."

엄마가 그 아이들을 이해한 것일까? 아니, 그건 동정이었다. 그녀는 TV 속 아이들을 동정하면서 자신의 삶에 안도했다. 물론 그 광고를 보고 누군가는 그들의 상황에 깊이 공감하며 인류애를 실천할지도 모르겠다. 하지만 반대로 자신에게는 저런 불행이 닥치지 않은 걸 다행이라 여기며 그들을 동정하는 데 그치는 사람도 있을 것이다.

우리는 인기 많은 셀럽을 우러러보며, 돈을 쓰는 단위가 어마무시하게 다른 재벌의 삶을 동경하곤 한다. 부러워할 수야 있지만 더 나아가 그들처럼 살지 못하는 제 처지를 비관하며 괴로워하는 이도 있다. 누가 더 행복한가, 누구의 삶이 더 비참한가. 답이 나오지 않는 문제를 가지고 아무리 상상해 봤자 결국 다 뇌피셜에 불과하다. 집에서 오리 불고기를 해 먹은 사람이 푸아그라를 먹은 사람보다 불행하다는 통계 따윈 없기 때문이다.

남과 나를 비교하는 사람들은 자기 기분을 스스로 통제하질 못한다. 세상에 마주치는 수백 수만의 사람 중에선 자기보다 못나 보이는 사람도 있을 거고, 잘나 보이는 사람도 있다. 하지만 그럴 때마다 이들은 스스로 행복해지는 법을 까먹은 사람처럼 제 행복을 남의 처지와 비교하면서 좌지우지된다. 실제로는 그 사람이 어떠한지 제3자는 알 수 없는데도 불구하고, 자신의 오만과 편견으로

시키지도 않은 남의 인생 체험 학습을 하며 정성스럽게 감상문까지 제출한다.

알랭 드 보통은 《불안》이라는 책에서 이런 말을 했다.

우리가 사다리에서 차지하는 위치에 그렇게 관심을 가지는 것은 다른 사람들이 우리를 어떻게 보느냐가 우리의 자아상을 결정하기 때문이다.

이처럼 누군가는 꾸준히 사다리에서 자신의 위치를 확인하며 나보다 낮은 사람을 보고 위안을 얻고, 또 가만히 정체되어 있다가는 남보다 열등해질지도 모른다는 공포 속에서 살아간다. 그렇다고 죄를 자본주의의 사다리에 묻겠는가? 자본주의라는 사다리를 만들어 수직적인 지위를 부여한 장본인은 결국 사람이다. 불안이라는 철창 안의 원숭이를 자처한 건 우리 스스로인데 누구를 탓할 수 있겠는가.

사다리의 꼭대기에 무엇이 있길래 그렇게 목이 빠지도록 위만 쳐다보는 걸까? 사다리 위에 반드시 행복이 있다고 장담한 사람은 아무도 없었다. 그러니 이제라도 시키지 않은 '불행 레이스'는 그만두자. 스스로 그 괴이한 출발 선상에 발을 내딛어 오르려는 것도 미련한 짓이지만, 남을 제멋대로 올려놓는 것도 참 오만방자한 발상이니 말이다. 무엇 때문에 존재하는지 모를 그 이상한 레이스에서 이긴다고 해서, 내가 가진 불행이 줄어들지도 행복이 늘어나지도 않는다. 오히려 불행은 늘고 행복이 줄어드는 불상사가 벌어질 수도. 그러니, 목적도 의미도 없는 달리기는 이제 멈추기로 하자.

일방통행 대화는
빠르게 손절합시다

고민을 들어줄 때 최고의 조언은 침묵이라고 생각하지만, 가끔은 상대방이 뚜렷한 해결책을 원할 때가 있다. 뭐, 내 생각을 말해주는 거야 간단하다. 하지만 이미 자기만의 답이 정해져 있을 때는 정말 힘들다. 그리고 위에 있는 모든 문제를 다 합친 상황은, 주로 지인에게 애인과의 문제를 상담해 줄 때 찾아온다.

"아무리 생각해도 이번 일은 걔가 잘못한 거 같지 않아? 완전 좀생이 같아."

"그러게. 걔가 잘못했네. 네 애인은 뭐 그런 것도 이해를 못 한다니."

"그래도 그것만 빼면 괜찮은 애야."

"……그렇지. 잘 화해해 봐."

"하, 모르겠다. 아무래도 헤어지는 게 낫지 않을까?"

그는 한참을 화내다가 기분이 나아졌는지, 역시 고민은 나눌수록 좋다고 말했다. 대화하면 감정이 가라앉고, 스트레스가 좀 풀린다고. 그런데 내 스트레스는 별로 중하지 않은가 보다. 내가 보기엔 그 대화를 나를 붙잡고 할 게 아니라, 네 애인이랑 하면 참 좋을 거 같은데 말이다. 아마 넌 내일 다시 그 애인과 언제 싸웠냐는 듯 또 화해할 거다. 그렇게 한 삼 일쯤 지나 다시 싸우게 되면 넌 또 나를 찾겠지. 매번 그랬으니까.

당사자에게 하지 못할 험담을 나에게 하는 사람이 있다. 당연히 내가 자신의 편이길 바라고 자기가 생각한 대로 내가 공감하길 원한다. 나도 언제든지 고민을 들어 주고 힘들 때 함께해 줄 자신이 있었다. 하지만 정작 내 위로와 조언은 귓등으로 듣는 걸 보니, 그 사람에게는 화를 풀 시간과 감정을 버릴 곳만 필요했던 모양이다. 나는 친구의 편이지만 무슨 말이든 대답해 주는 '심심이'가 아

니며, 버튼만 삑 누르면 공감이 나오는 자판기도 아니다. 그런데도 이 기이한 관계를 유지할 수 있었던 건 그 친구가 말끝마다 붙였던 이 말 때문이었다.

"그래도 너밖에 없다."

한때는 이런 말이 관계를 특별하게 만든다고 생각했다. 하지만 이 말을 뱉은 사람이 듣고 싶은 답은 항상 정해져 있었고, 답을 말하는 주체는 굳이 내가 아니어도 상관이 없었다. 간혹 내 삶도 팍팍할 때가 있어서 힘든 얘기를 어렵사리 상대방에게 꺼낼 때면, 그 사람은 또 자신의 얘기로 넘어가며 '그건 힘든 것도 아니지'라는 식으로 받아쳤다. 정말 나를 '너밖에 없다'라고 말할 정도로 소중히 여겼다면, 이렇게 일방적이진 않았겠지. 아무래도 '너밖에 없다'라는 말 앞에는 '내 맘대로 할 수 있는 건'이 생략되어 있었나 보다.

말이 아니라 행동을 보면 안다. 나와 타인의 관계가 한쪽만 퍼붓는 부정적 감정의 폭포수처럼 느껴지고, 그걸 견뎌 내는 건 오롯이 내 몫이라면 그걸 두고 건강한 관계라고 말할 수 있을까? 소중한 물건을 아무렇게나 굴리는 사람은 없는데, 소위 친하다는 친구를 함부로 대한다면 더 생각할 것도 없다. 그래서 나는 그 친구와의 일방통행 대화를 그만두기로 결심했다. 앞으로 살아갈 시간을 생각하면 너와의 피곤한 관계보다는 나 자신과의 관계가 더 중요하니까.

미안. 나는 이제 내가 제일 소중하거든.

'라떼는 말이야'를
외치는 사람이
꼰대인 이유

당신 과거가 내 미래가 될 거라는 보장은 없죠.

학생을 가르치는 친구가 말했다. 보기만 해도 빛이 나는 아이가 있다고. 그 아이의 꿈은 세계적인 축구 선수란다. 물론 '세계적'인 축구 선수가 된다는 게 쉬운 일은 아닐 거다. 실력뿐만 아니라 운도 따라 줘야 하고, 원활한 소통 능력도 필수다. 언어의 장벽이란 단어가 괜히 있는 말은 아니니까.

하지만 장벽이 높다고 허물 수 없는 건 아니다. 그 아이는 자신에게 제2외국어가 필요하다고 느낀 순간부터 아무도 시키지 않은 영어를 틈틈이 독학하며 두껍고 높은 장벽을 조금씩 허물어 갔다. 남들이 운동선수가 무슨 영어 공부냐며 쓸데없는 짓을 한다고 비웃어도 멈추지 않았다. 마치 명랑 만화 주인공처럼, 그는 1년도 채 되지 않는 시간에 외국어를 남에게 통역해 줄 만큼 구사할 수 있게 됐다. 친구는 신이 나서 내게 말했다. "고작 18살한테 참 배울 게 많은 요즘이야. 나는 애들을 가르치는 게 아니라, 애들에게 배우고 있어." 그 말을 하는 모습이 참 행복해 보였는데, 불과 며칠 후 그 친구의 환멸 어린 모습을 볼 수 있었다.

다름이 아니라 다른 교사들과의 식사 자리에서 자연스럽게 학생들 이야기가 나오게 되었고, 친구는 내게 했던 그대로 그 학생을 칭찬했다. 그런데 오래 교편을 잡은 다른 교사가 그녀의 말을 듣고는 이렇게 말했다고 한다.

"애가 아직 어려서 세상을 모르는 거지. 선생님이 신입이라 순진해서 그러는데 그거 다 잘 보이려고 거짓말한 걸지도 몰라. 그 나이대 남자애들은 워낙 허세가 심해서."

그가 학생을 몇 명이나 가르쳤는지는 모르겠다. 하지만 1만 번째 학생까지 거짓말을 했다고 그다음 학생마저 거짓말쟁이라는 법칙은 없다.

꼰대라는 말이 흔해졌다. 자신이 꼰대인지 아닌지 알아보는 테스트가 넘쳐나며, 꼰대 소리 듣지 않으려고 경험자도 조언을 아낀다. 그런데 라떼를 찾으며 격언 좀 해 준다고 모두 꼰대가 되는 건 아니다. 그보다 꼰대란 타인과의 관계에서 아무런 용기를 내지 않는 사람에 가깝지 않을까? 여기서 말하는 '용기'란 '고정관념을 깰 용기'다.

친구를 화나게 만든 그 교사는 아무 용기도 내지 않았다. 분명 자신이 모르는 다른 유형의 학생이 있을 수 있는데도, '십 대' '남학생'이라는 개인적 경험이 만들어낸 스테레오 타입에 갇혀 다른 세계를 받아들이지 못했다. 고정관념에 갇히면 사람은 '고이게' 되고, 고인물은 썩기 마련이다. 생각의 샘이 꾸준히 흐르려면 다른 세대, 다른 분야, 다른 사람과의 관계를 통해 나의 고정관념을 흔들어야만 한다. 나는 언제든지 틀릴 수 있고 누구에게든 배울 점이 있다는 걸 인정할 때, 비로소 생각의 물꼬는 터지게 된다. 그래야 생각이 썩지 않는 인간이 되는 것이다.

나이가 꼰대를 만드는 게 아니다. 누구든 용기를 내지 않을 때 꼰대가 된다. 그러니 내 생각의 고인물에 던져지는 조약돌을 고까워하지 말자. 꼰대들이여, 용기 없이 라떼만 찾다가는 영영 혼자 커피를 마시게 될 수 있음을 명심하라.

"혹시 이거 할 줄 알아?"

"아니 처음 보는데……."

"그래? 알았어."

"저기, 도움이 못 돼서 미안."

미안하다는 말을 습관처럼 뱉어 버린 나는 아차, 다시 말을 삼켜 보려 하지만 뱉은 말이 다시 삼켜질 리 없다. 미안해 할 일까진 아닌데. 맞은편의 친구는 작게 한숨을 내쉰다. 이런 일이 한두 번이 아니기 때문이다.

어떤 관계를 잃고 싶지 않아 초조한 쪽에서 더 자주 하는 말이 있다. 바로 '미안하다'는 말이다. 상대방에게 미움받고 싶지 않은 마음 때문에, 전혀 미안해 하지 않아도 될 상황에서 미안하다는 말을 쉽게 내뱉는다. 그런데 이 말은 실제로 좋은 관계를 유지하는 데 효과가 있는가? 당신이 상대방과의 관계에서 우위가 존재하길 원한다면 숙이고 들어갈 순 있겠다. 하지만 동등한 관계를 원한다면 이 말은 확실히 독이 된다.

말에는 무게가 있다. 그리고 대화를 한다는 것은 이 무게 추를 주고받는 일이다. '이것 봐. 내 의도가 이렇게 무겁지?' 혹은 '봐,

별거 아니야. 그냥 가벼운 말이야'라는 의미를 담아 둘은 서로 적절한 무게를 주고받는다. 이것을 이용해 양쪽의 무게를 비슷하게 맞추어 평등한 관계를 만들기도, 일방적으로 한쪽이 높고 다른 쪽은 낮은 관계를 만들기도 한다. 그렇기에 너무 무거운 말을 쉽게 뱉으면 저울이 한쪽으로 확 기울어 버린다. 만약 상대방이 당신과 수평적인 관계를 원했다면, 과하게 무거운 말을 받은 쪽은 얼떨떨한 반응이 나올 수밖에 없다. '어, 이렇게까지 무거운 말을 받을 생각은 없었는데'라며 한 번은 넘어갈 수도 있다. 하지만 한쪽이 계속 상황에 비해 무거운 말을 던진다면, 받는 사람은 그 말의 무게를 수정해서 기록한다. 이 사람에게 미안하다는 말은 10kg이 아닌 5kg 정도 되나? 아니, 좀 더 가볍나? 한 100g 정도?

내 말의 무게가 가벼워지면 손해 보는 쪽은 어디인가. 바로 나다. 미안하다는 말을 너무 가볍게 던진다면 정작 사과해야 할 상황에 상대방이 원하는 말의 무게를 충족시켜 줄 수가 없다. 앞에 있는 사람이 원하는 건 10kg인데 내 사과의 무게는 이미 100g으로 줄어든 지 오래라, 계속 던져도 반대쪽이 원하는 만큼 채워 주질 못한다. 이렇게 한순간 저울이 확 기울면서 관계 역시 기울어진다. 상대와의 관계를 억지로라도 지키고 싶어 선택한 쉬운 사과가 정작 관계를 무너뜨리는 것이다.

비단 사과의 말뿐 아니라 모든 말이 그렇다. 너무 아껴도 저울의 균형이 무너지지만 남발해도 헐값이 되어 버린다. 저울이 기울어지면 발생하는 경우의 수는 두 가지다. 관계가 완전히 무너지거나, 기울어진 채 기형적인 상태를 계속 유지하거나.

진심의 무게는 무거워야 한다. 묵직한 무게에 내 마음을 달아서 전해도 상대방에게 닿을까 말까다. 그래서 마음에도 없는 말을 습관처럼 내뱉기보다는, 진짜 필요할 때 내 진심의 값어치를 제대로 매겨 전해야 한다. 누군가와 대등한 관계를 이어 나가고 싶다면 '원 플러스 원' 할인 행사하듯 당신의 진심을 값싸게 팔아 치우지 말자. 진짜 친구라면 굳이 그러지 않아도 관계의 저울을 평형하게 유지할 수 있는 사이일 테니까.

오늘 나는
나랑 있을래

요즘 나는 나랑만 대화하던 시간이 그리워졌다. 아무런 잡음도 들리지 않아서, 오직 내 문제만을 고민하고 생각을 다듬을 수 있었던 휴식. 나는 그럴 때 편안함을 느꼈고, 이후 최고의 효율을 냈다. 또 그렇게 얻은 에너지를 다른 사람과 생활하는 데 썼다. 누군가와 함께 살 때보다 혼자 살 때 사람들을 더 자주 만날 수 있었던 이유가 바로 이거였다. 홀로 보내는 시간을 충분히 가졌기 때문에 남들을 만날 힘이 있었던 것이다.

"나 잠시만 혼자 있으면 안 될까?"

그래서 이런 말을 하는 거다. 상대가 싫거나, 세상과의 단절을 원하거나, 활발하지 않아서가 아니다. 나는 단지 충전이 필요할 뿐이다.

일전에 외향적인 친구와 이상적인 미래에 대해 대화한 적이 있다. 이런저런 얘기를 하다 우리 둘 다 친한 친구들과 함께 살면 좋겠다는 말을 했다.

"친한 친구들이랑 다 같이 살았으면 좋겠어."
"내 옆집에 친한 친구들이 살았으면 좋겠어."

내가 사랑하는 사람들과 공간을 아예 공유하거나, 개인 공간은 따로 두고 가까이서 살거나. 이건 비슷해 보여도 아주 다른 이야기다. 나는 친구들과 보내는 시간이 즐겁지만, 매일 같은 공간에서 함께하고 싶진 않다. 고 박완서 작가의 소설 《그 남자네 집》에 나온 문장을 인용하여 이 마음을 표현하고 싶다.

무릉도원의 도화도 일주일만 만개해야지 만약 일 년 내내, 아니

성향이 다를 뿐
두 사람은 오늘 즐거웠어요.

충전하고 다음에 또 봐요.

한 달만 만개 상태가 계속되어도 사람들은 지쳐서 몸살을 앓든지 환장을 하든지 할 것이다. 그러면 그 사람은 이미 무릉도원의 주민이 아니게 될 것이 아닌가.

나에게는 사람들과 함께하는 시간이 무릉도원의 도화가 만개하는 시간과 같다. 좋긴 하지만 매일 함께라면 소중한 것도 금방 피곤하게 느껴진다. 혼자 있는 시간이 부족하다면, 좋은 이들과 함께 살면서도 매일 몸살을 앓던지 환장을 할 것이다. 그러니 누군가 진심으로 혼자이길 원한다면, 그건 그가 이기적이거나 당신을 싫어해서가 아니다. 그저 당신에게 쓸 기력을 충전하고 싶은 것이다.

나 같은 집순이들이 지쳤을 때 필요한 것은 바깥으로 끌어내주는 손길이라기보단, 변명 없이 사색할 수 있는 시간이다. 그러니 혼자만의 시간을 존중해 주자. 혼자라고 외로운 건 아니니까. 내가 나랑 있어 주니까.

내 로맨스는
내가 알아서 할게요

"제일 좋아하는 영화 장르가 뭐야?"

"멜로나 로맨틱 코미디."

"그런데 왜 연애를 안 해?"

너는 액션물 보면 막 다 쳐부수고 싶고, 스릴러 보면 뒤통수치고 싶고 그러냐? 로맨스 영화를 보고 있으면 연애 세포가 막 살아나는 느낌이라는데, 글쎄. 나는 그닥.

짚신도 짝이 있다. 그렇다. 짚신은 짝이 있다. 그런데 사람은 짚신이 아니다. 날 때부터 같이 붙어 나오는 '원 플러스 원' 제품이 아니다. 인간이란 완전히 단일 상품이다. 엄마 뱃속에서 혼자 나왔으며 죽을 때도 혼자 관 속으로 들어간다. 하지만 세상 사람들은 혼자 있는 사람만 보면 꼭 짝을 맞춰 주고 싶어 한다. 하나는 불완전하다고 생각하는지 세상의 혼자들에게 모태 솔로, 마법사, 천연기념물 등 온갖 멸칭을 붙여 놓고 그 상태에서 벗어나도록 독려한다.

이렇게 선택 사항을 필수 조건으로 여기는 몰상식은 할 말을 잃게 만든다. "나 좋아하는 사람 없어. 지금은 날 사랑하기에도 충분해. 연애가 필수는 아니잖아"라고 말하면 이런다. "일단 만나봐. 만나다 보면 좋아진다? 그리고 사람은 연애 경험이 많아야 해.

개차반도 만나 봐야 똥차랑 벤츠를 구분하는 거야." 아, 이쯤 되면 입을 열고 싶지가 않다. 개차반 구분하려다가 내 인생까지 개차반으로 만들 일 있나.

청춘에게는 해야 할 일이 너무 많다. 아프기도 해 봐야 하고, 사서 고생도 해야 하며, 도전도 끊임없이 해야 하고, 흔들려도 봐야 하고, 이제는 연애까지 하란다. 마치 기성 세대들이 못한 버킷 리스트를 다음 세대에 떠넘기듯 보챈다. 제발 전부 내가 알아서 하면 안 될까? 사람을 제철 상품으로 보는 게 아니라면, 주름이 한 줄이라도 없을 때 연애하라는 말은 안 나올 거다. 연애는 하고 싶을 때 하는 거지 젊으니까 해야 하는 게 아니다. 서로가 아닌, 서로의 젊음을 사랑하는 게 연애라면 나는 더더욱 하고 싶지 않다.

"연애도 능력이야. 경력도 쌓고 그래야지."

정말 연애 횟수가 누군가의 능력과 매력을 말해 줄까? 연애란 매력적인 사람을 구분해 내는 리트머스 시험지라기보단, 그저 호감이 전제된 사람 간의 만남에 불과하다. 그런 의미라면 프로라거나 달인이라는 칭호도 우스워진다. 현재의 연애를 미래의 실전을 위한 연습 게임처럼 여기는 이들은, 과거의 연인을 줄 세우며 제

경력을 뽐낸다. 그런 모습은 참 우스운데, 또 무섭고 슬프다.

누군가는 생애 한 번을 만나도 신중하길 원할 수 있다. 나 또한 다음 사람을 잘 만나 보겠다고 아무나와 연애해 볼 생각은 없다. 그러니까 내 로맨스는 내가 알아서 할게. 내가 로맨스 영화를 보든 연애를 하든, 너는 제발 네 할 일이나 잘했으면 좋겠다. 이런 말이 있지. 남자 잘못 만나서 인생 망한 여자는 있어도, 남자 못 만나서 인생 망한 여자는 없다고.

사랑의
완성은
사람이다

○

"나중에 너 결혼할 때 주려고 그릇 사 왔어."

"엄마, 그냥 지금 써. 나 결혼 안 할 거야."

"혼자 살면 힘들어."

엄마는 결혼해서 안 힘들어? 둘이 살아서 안 외롭고? 내가 본 엄마는 결혼과 맞지 않는 사람이다. 미혼의 그녀는 여러 개의 직업이 있었고 자기 가게도 운영했다. 하지만 그놈의 '결혼 적령기'가 뭔지, 늦지 않게 결혼해야 한다는 사람들의 말에 한 남자와 결혼하여 적당한 나이에 아이를 낳았다. 힘들게 몇십 년을 길렀지만, 그 노고는 경력 한 줄로도 쓸 수 없다. 아무도 매니큐어를 바르지 않던 시절, 그녀는 하얀 손에 새빨간 매니큐어를 바르고 패션 잡지 안의 화려한 옷들을 사랑했다. 하지만 그런 그녀는 이제 없다. 쌀 씻을 때 벗겨질까 봐 매니큐어를 더이상 바르지 못하고, 패션 잡지는 가끔 미용실에서 머리를 볶을 때나 잠깐 들춰 보며, 당신 옷을 살 돈으로 남 입힐 것을 사게 되었다.

아빠 또한 그렇다. 그는 월급 100만 원이 들어오면 200만 원을 자신에게 쓰는 사람이었다. 사람들을 만나 운동하는 것을 좋아했고, 제 인생에 거리낄 것 없이 '고'를 외치는 사람이었다. 그 직진은 사랑에도 적용됐다. 으레 그 시대 분위기에 따라 결혼에도 '고'를 외쳤을 것이다. 하지만 결혼은 스톱이 더 많은 제도였다. 늦게까지 술을 마실 수도, 내가 번 돈을 혼자 다 쓸 수도 없었다. 그러니 억울도 했겠다. 이제 그가 외칠 수 있는 '고'란 모바일 맞고뿐이며, 운동을 좋아하던 남자는 직접 물 떠먹는 것도 귀찮아한다. 자식들 때문에 늘 초과근무를 해야 하고, 껌딱지처럼 딱 붙어 최대한 가늘고 길게 직장에서 살아남아야 한다. 그 역시 결혼해서는 안 되는 사람이었던 거다.

그들은 때로 결혼하지 않았다면 몰랐을 문제로 서로를 찔렀고, 받지 않아도 될 상처를 받았다. 두 사람은 제도권 밖에서 더 행복했을지도 모른다. 나는 이런 생각들을 한마디로 꾹꾹 눌러 담아 말했다.

"엄마, 나는 제도를 도피처로 삼지는 않을 기야."

결혼은 둘을 포함한 '집안 모두'의 요구를 맞춰야 하는 제도다. 결혼의 시작인 식장 예약과 혼수부터 결혼 후의 육아 계획과 둘의 직장, 시댁과 처가에 관한 문제에는 두 사람 이상의 이해관계가 얽히게 된다. 사랑은 그대로지만 선택의 자유는 줄어든다. 서로의 희생을 감수하는 조건으로 법적인 보호를 받기에, 연애와는 결이 다르다. 물론 양쪽 다 어느 정도 배려한다면 더 행복해질 수 있는 제도이긴 하다. 하지만 그렇지 않으면 둘 중 하나, 혹은 둘 다 괴롭다.

결혼으로 인해 누군가는 가장의 부담을 오롯이 짊어져야 했고, 다른 누군가는 육아와 집안일의 독박을 써야 했다. 이렇게 불평등한 계보가 오랫동안 이어질 때도 사람들은 그 사실을 외면했다. 아니, 오히려 당연하게 여겼다. 대다수는 제도를 비난하지 않았다. 대신 제도를 따라가지 않는 사람을 비난했다. 그렇게 예전부터 당

아름다운 해피 엔딩이네요!

연하다 묵혀 놨던 문제들이 이제야 터졌을 뿐이다. 진즉에 그 제도가 건실하게 재건되었다면 현세대의 사람들이 적어도 제도의 불합리성으로 인해 비혼을 외치진 않았을 것이다.

당신이 결혼했다면 그 선택은 존중하지만, 그걸 남에게까지 강요하진 않았으면 한다. 누군가는 사랑하기 때문에 결혼을 하고, 다른 누군가는 사랑하기 때문에 결혼을 하지 않는다. 결혼하면 한쪽의 희생은 필연적이라고 생각하는 사회에서, 상대방의 자유를 최대한 존중해 주려는 사람이 이기적인가. 아니면 단점은 묻어둔 채 무조건 결혼하라는 사람이 이기적인가. 사랑이 나보다 남을 더 생각하는 것이라면, 이기적이지 않은 쪽이 사랑하는 것이겠지. 누군가는 제도권 밖에서도 사랑한다. 그것이 자신을 사랑하는 것이든, 타인을 사랑하는 것이든.

서류 쪼가리와 이혼의 구차한 과정이 붙잡지 않는다면 쉽게 갈라설 수 있는 관계. 그것으로 발을 묶어 둬야 마음이 편하다면 우리는 그걸 사랑이라 불러도 되는 걸까. 그래서 나는 사랑하기 때문에 결혼하지 않기로 했다. 우리는 결혼하지 않아도, 영원한 사랑을 맹세할 수 있다.

예쁘다는 칭찬이
왜 싫어?

언제부터 나는 예쁘다는 말이 달갑지 않아졌을까. 자주 듣는 말도 아닌데, 낯선 사람에게서 그 말만 들으면 괜히 할 말이 없어져서는 '아 네, 하하하.' 머쓱하게 뒷머리를 긁적이며 눈을 피한다. 처음에는 칭찬이 민망해서 그런가 싶었는데 아니다. 다른 좋은 말은 들으면 광대부터 올라가서는 표정을 숨길 수가 없으니까. 하지만, '예전보다 살이 많이 빠졌다' '넌 예전에 입고 온 것보다 지금 입은 스타일이 훨씬 예쁘다' '그렇게 잘 웃으니까 귀엽네' '피부가 참 좋다' 등등 외면에 대한 칭찬을 들으면 기분이 묘해진다. 마치 이솝 우화 〈해와 바람〉의 나그네가 된 기분이다.

알다시피 이 동화는 바람이 해한테 깝죽대다가 누가 힘이 더 센지 해와 내기를 하는 내용이다. 대결 종목은 길을 가는 나그네의 외투를 먼저 벗기는 것. 바람이 세차게 입김을 불자, 나그네는 외투가 벗겨지지 않도록 옷깃을 더 여민다. 반대로 해는 따뜻한 햇볕으로 나그네를 덥게 만들어서 외투를 벗기는 데 성공한다. 결국엔 해의 온화한 부드러움이 휘몰아치는 세찬 바람을 이긴다는 이야기. 그런데 사실 나그네 입장에선 둘 다 똑같은 놈들이다. 아무것도 모르는 나그네를 두고 경쟁을 하더니, 지들끼리 승자를 정하고, 자기가 더 강하다고 말한다. 나그네는 벗고 싶지 않은 외투를 두 놈의 기 싸움 탓에 어쩔 수 없이 벗었다. 그렇다면, 해의 온화함이 나그네를 위했다고 말할 수 있을까? 나그네는 영문도 모른 채 휘둘린 것 아닌가.

잘생겼다, 아름답다, 키가 크다, 날씬하다……. 이런 말이 칭찬이 되는 순간 반대말은 자연스럽게 비난이 된다. 못생기면 안 되고, 키가 작으면 곤란하고, 마르지 않으면 다이어트를 해야 한다. 외면에 대한 칭찬은 평가할 의도가 전혀 없었다고 해도 그 안에 이미 판단 기준을 내포하고 있다. 사람은 보통 칭찬을 들었을 때 그 말처럼 되고자 하는 성향이 있다. 그게 사람들이 원하는 내 모습 같으니까. 해님의 따스함에 나그네가 외투를 벗게 되는 것처럼, 내 기준이 아닌 남의 기준에 따라 행동하게 되는 거다. 입으로 외모지상주의 타파를 외치고 모두에게 각자의 아름다움이 있다고 주장해도, 대중매체와 광고, 그리고 이를 접해 온 이들이 어떤 이미지에 미美라는 수식을 붙이는 순간, 그게 바로 기준이 되어 버린다. 내가 세운 기준을 암만 고수하더라도, 쏟아지는 외모 평가 속에서 그걸 얼마나 유지할 수 있을까?

생각해 보면 외투를 벗고 싶지 않던 나그네에게는 땀을 뻘뻘 흘리게 하는 햇살이나, 한겨울처럼 쌩쌩 부는 바람이나 둘 다 똑같이 짜증나는 날씨였을 것이다. 나그네가 자신의 외투를 최대한 지키려 했던 것처럼, 나도 지금 걸친 나만의 외투가 마음에 든다. 그래서 몸을 들썩이게 하는 바람이나 정수리로 뜨겁게 내리쬐는 햇볕이 하나도 반갑지 않다. 그것이 얼마나 선한 의도이든 나에게는 변덕스러운 기상이변으로 느껴질 뿐이다. 그러니까, 그냥 나(그네) 좀 내버려 두시라.

네가
아들이었으면
좋았을 텐데

우리 집은 장남이 없는 거나 마찬가지다. 남동생은 자폐가 있고 먼저 태어난 나는 여자다. 아들은 있지만, 장남은 없는 집. 나는 별것 아니라 생각했다. 물론 나만 그렇게 생각했다.

"네가 아들이었으면 참 좋았을 텐데."

이 소리를 귀에 달고 살았다. 내가 잘하든 못하든 간에. 학교에서 좋은 성적을 얻어 올 때도, 교내에서 상장을 받아 올 때도, 남들

앞에서 내 의사를 똑 부러지게 표현할 때도 '잘했다'라는 말보다 이 말을 더 많이 들었다. 사람들은 '아들이었으면 좋았겠다'라며 내 머리를 쓰다듬었고, 그들은 그걸 칭찬으로 여겼다. 내가 얻지 못한 계급장을 대신 아쉬워해 주는 것처럼, 그 아들이라는 게 뭐 대단한 자격인 것처럼 말했다.

'아, 내가 딸인 것이 잘못이구나.'

그래서 나는 그들이 말하는 아들 같아지려고 노력했다. 나도 아들만큼 씩씩하고 대담하며 용기 있단 걸 보여 주고 싶었다. 멋대로 나뉜 남성성에 맞춰 행동했다. 인형보다는 로봇을 더 좋아하는 것처럼 굴었고, 치마보다는 바지가, 분홍색보다는 파란색이 좋다고 말했다. 사실 나는 뭘 갖고 놀든 상관없었다. 치마든 바지든 그날 기분따라 다른 걸 입고 싶었으며, 분홍색도 파란색도 아닌 회색을 좋아했지만 그런 건 중요하지 않았다. 중요한 건 사회가 요구하는 '아들'이라는 관념에 맞춰서 행동하는 것이었다. 그렇게 살다가 무언가를 깨닫게 된 건 중학교 때 일이었다.

"이번 체육 수행평가는 캐치볼이고 10개 중에……."

TO. 세상의 아버지들에게

기회는
공평해야지.

어떤 로망은 누군가에게 벽이 되잖아요?

일단, 시켜 보고 말하자고요.

캐치볼! 선생님의 말씀에 순간 내 눈이 반짝였다. 그리고 아빠가 스치듯 말한 게 생각났다.

"자식이랑 주말에 캐치볼을 하는 게 아빠들의 로망이지."

내가 캐치볼을 잘하면 주말마다 아빠와 놀러 갈 수 있지 않을까? 꼭 그걸 아들이랑 할 필요는 없잖아. 지금 생각하면 우습지만, 그때의 나는 캐치볼을 제일 잘하고 싶었다. '아들이 될 순 없지만, 캐치볼은 잘할 수 있다.' 그 당시 아빠와 나 사이에는 알 수 없는 거리감이 있었기 때문에, 이 기회에 꼭 인정받고 싶었다. 사실 그보단 그저 아빠와 즐겁게 같이 놀고 싶었다. 목욕탕에서 등 밀어주는 아들이 아니어도 충분히 재밌을 수 있는데, 아빠들의 로망이란 매번 나에게만은 보이지 않는 선을 그었다. 하지만 캐치볼은 다르다. 공 던지는 것쯤, 배우면 누구나 다 할 수 있는 일 아닌가?

그래서 그해 제일 열심히 준비한 수행평가는 체육이었다. 매일 연습했고, 하는 김에 배트도 휘둘렀다. 실력이 좋아 반별 야구에서 4번 타자도 맡게 됐다. 아빠가 응원하던 야구 선수도 등판이 4번이었다. 나는 우쭐해졌다. 매일같이 연습하니 수행평가에서도 곧잘 좋은 점수를 받았다. 하지만 그보다 나를 더 설레게 한 건, 주말을 아빠와 함께할 수 있다는 것이었다.

나는 금요일 밤 퇴근한 아빠에게 쑥스럽게 말했다. 내일은 같이 글러브와 야구공을 들고 나가지 않겠냐고. 그러자 아버지가 무어라 하셨더라. 사실은 잊고 싶은데 정확하게 기억난다.

"여자애가 그걸 왜 하니."

아, 자식과 캐치볼을 하는 게 아버지의 소망이 아니었구나. '아들'과 하는 것이 소원이었구나. 내가 딸이라서 캐치볼은 아무짝에 쓸모없는 공놀이가 됐구나. 나는 이내 착잡해져서 일찍 자겠다며 방으로 들어갔고 밤새 비가 왔다. 창에 꽂히는 빗소리가 크게 울렸다. 나는 이불을 덮어쓰고 빗소리를 들었다. 밖이 어둡고 고요해서 더 크고 서럽게 느껴졌다. 글러브는 대충 던져 버렸는데 어딘가 나뒹굴고 있겠지. 어차피 내게는 쓸모가 없어진 장갑이니.

아직도 슬픈 사실은 우리 집 밖에도 저 대사를 던질 수많은 아버지들이 있으며, 수많은 캐치볼이 있다는 것. 가슴앓이하는 딸들이 있고, 인정받지 못한 자식들이 있다는 것. 아버지. 집 밖의 아버지. 왜 공은 우리의 손을 떠나지 못하고, 왜 우리는 수많은 글러브

를 버려야만 하는가. 그깟 편견이 뭐라고, 우리는 서로 상처받아야

하는가. 왜.

4장
★
세상의 중심에
내가 선다

허물 있는
관계를 원해

○

나는 과거의 나를 도저히 이해할 수가 없다. 왜 머리는 늑대처럼 산발을 하고 잔뜩 층을 냈으며, 바지에 달린 주머니의 개수가 많을수록 열광했을까. 생각하는 것도 지금과 달랐다. 재밌게 봤던 드라마에서 '노처녀 파티시에'라고 소개된 김삼순은 지금 보니 딱히 나이가 많지도, 직업이 불안정하지도 않았다. 나이 30세, 파티시에면 제과 제빵 기술자니까 전문직이잖아? 그런데 그때는 왜 그렇게 그녀의 인생이 위태로워 보였을까. 성격도 그랬다. 나를 싫어하는 사람의 환심을 사려고 매달리고, 무리와 어울리기 위해 맞

우리 사이에 필요한 걸 쌓는 중입니다.

지 않는 옷을 입고, 나를 욕해도 허허 웃어넘기고. 도대체 왜 그랬을까. 지금 생각하면 다른 사람 같다. 산다는 게 나와 평생을 걸쳐 교제하는 거라면, 나는 죽기 전에 오늘의 나를 보며 이렇게 말하지 않을까. '걔는 진짜 이상한 애였어. 매일매일 달라서 도대체 속을 알 수가 없더라고.'

"너 예전에는 안 그랬잖아."

그래서 이런 말은 곤란하다. 분명 '예전'의 나는 안 그랬을지 모른다. 하지만 지금은 다르다. 미래의 나는 더더욱 모르겠다. 나만 해도 이렇게 다른데 과연 남이라고 같을까. 내가 오래 보아 온 사람들, '걔는 내가 잘 알아'라든지, '걔는 이해해 줄 거야'라는 말로 그 사람을 단언해도 되는 걸까. 가까울수록 우리는 서로를 잘 안다는 게, 정말 맞는 말인가?

허물없이 친하다는 것이 함부로 대해도 된다는 말은 아닌데, 우리는 가끔 상대방의 치부를 장난으로 드러내거나 조언이랍시고 과한 오지랖을 부린다. 동시에 그 사람을 다 안다고 생각하며 남도 나의 전부를 알아주길 바란다. 하지만 눈빛만 봐도 알 수 있고, 말을 안 해도 느낄 수 있는 관계란 없다. 오래 보았기 때문에 익숙하게 느껴질 순 있지만, 과거의 내가 지금의 나와는 다르듯이 그 사람 역시 달라지는 중이다. 그러니 뻔히 아는 사람이라며 상대를 넘겨짚지도, 허물없다는 핑계로 함부로 굴지도 말아야 한다. 이 친구의 상황과 사고방식은 내가 알지 못하는 새 계속 달라지는 중이니까. 그러니 그 사람이 정말 소중한 사람이라면 그만큼 조심스럽게 접근해 보자.

'현재의 나를 과거의 나라고 독단하지 말라'는 셰익스피어의 말은 나뿐만 아니라 상대방에게도 해당한다. 과거의 편견에 빠져 현재의 서로를 외면한다면 서로가 약속한 미래는 오지 않을지도 모른다. 우리는 때때로 오래된 인연에도 의도적으로 낯설어질 필요가 있다. 절친한 사이를 과거형으로 만들고 싶지 않다면, 내가 이 사람과 얼마나 친한지가 '내가 그에게 얼마나 무례해도 되는가'로 환산되어서는 안 될 것이다.

명곡은
잡음들의 조화에서 나온다

우리는 같은 소리를 내고 있을 때 평화롭다고 착각하며, 반대로 다른 소리는 성가신 잡음이라 여긴다. 그렇다고 같은 음과 박자로 소리를 내는 수백만 개의 캐스터네츠만 모아서 연주한 음악만 틀어 준다면, 당신은 당장이라도 그 음악을 끄고 싶을 것이다. 그리고는 바로 음원 사이트 TOP 100을 플레이 리스트에 추가해 '역시 이게 음악이지'하며 눈을 감고 편안하게 감상할지도 모른다. 하지만 그 TOP 100리스트는 사실 모두 다른 비트, 박자, 악기가 어우러진 잡음으로 가득 찬 음악이다.

다수를 위한 나라에서 소수로 살아남으려면 용기가 필요하다. 남들에게 잡음으로 취급받는 삶은 고독하니까. 그렇다면 다수인 척하는 삶은 외롭지 않을까? 내 생각에는 전자와 후자 똑같이 외롭다. 내가 나를 챙기느냐, 버리느냐가 다를 뿐. (다수와 같은 의견을 내는 당신이 공격받으면 비슷한 의견을 가진 다수가 보호해 줄 거라 여기지만, 사실은 그렇지 않은 경우가 더 많다. 오히려 꼬리를 자르고 부리나케 뛰어가는 상대의 뒷모습을 보며 허탈감만 느끼겠지.) 그런데 용기를 내자니 시작이 무섭다. 내가 내 목소리 좀 냈다고 사람들이 다 떠나가면 어떡하지? 내 소리 한마디에 천지가 개벽이라도 하면 어쩌지?

아니다. 당신이 일침 좀 놓는다고 듣는 사람 모두가 떠나가지도 않을 것이고, 다음 날 갑자기 세상이 바뀌지도 않을 것이다. 물론 누군가는 당신을 욕할지도 모르겠다. 하지만 어떤 이는 당신을 더 좋아하게 된다. 당신이 스스로 소리를 낼 때마다 사람들은 밀물과 썰물처럼 밀려왔다가 쓸려 나갈 것이다. 그걸 반복하다 보면 깨닫게 된다. 괜히 나섰다가 욕먹으면 '시원하다'는 사실을.

우리는 남들의 동의를 얻을 때 조금 안심하고, 외면 당할 때 많이 좌절한다. 당신의 말 한마디에 누군가 떠나는 게 가슴 아픈가? 나는 그대가 그것을 의식하는 게 더 가슴 아프다. 20세기를 살았던 아들라이 스티븐슨은 이렇게 말했다. '인기가 없어도 안전한 사회가 자유로운 사회다.' 하지만 21세기가 되었는데도 표현의 자유는 빈곤하며, 여전히 우리는 나설 용기가 없다.

사실 우리 모두는 엄청 고가의 DJ 컨트롤러일지도 모른다. 날카로운 소리에서 가슴 먹먹해지는 따뜻한 음색까지 여러 가지 소리를 낼 수 있는데도, 평생 서로의 눈치만 보며 캐스터네츠 딱딱거리는 소리만 내고 있다면 이 얼마나 아까운 일인가! 그러니 우리는 자신의 소리를 내는 데 두려워하지 말고, 더불어 남들의 소리도 포용하는 마음을 가질 필요가 있다. 그렇게 서로의 소리가 하나의 합

주처럼 어우러질 때, 비로소 '자유'라는 이름의 조화로운 명곡을 역사 속에 남길 수 있을 테니 말이다.

요즘 것들의
애사심

○

"우리 회사를 어떻게 생각합니까?"

사실 별생각 없었다. 그 자리는 내가 열 번째 면접을 보는 자리였고, 이 질문만 다섯 번 이상은 들었다. 뭔 놈의 회사마다 보여 주는 건 쥐뿔도 없으면서 이 회사를 어떻게 생각하는지부터 묻는다. 썸도 몇 번은 만나 봐야 타는 건데 이건 뭐, 만나기도 전부터 자기를 사랑해 달란다.

"만약 상사가 납득할 수 없는 일을 시켜 트러블이 생긴다면 어떻게 할 겁니까?"

제가 어디 가서 사고 칠 사람은 아닌데. 그래도 시시비비를 따져 잘못한 놈을 가려봐야죠. 제 잘못이면 충분히 반성하고 책임을 질게요. 그런데 그쪽이 잘못했으면 마음의 준비를 좀 하셔야 할 거예요. 이렇게 말할 수 있을 리가 없다.

"제가 아직은 부족해서 경험이 풍부한 선배님의 깊은 의미를 모를 수 있다고 생각합니다! 선배님의 지시가 본사에 해를 끼치지 않는다면 기꺼이 하겠습니다!"

이것은 '주는 만큼만 참고 열심히 일 해 보겠습니다'를 순화해서 말한 것이다.

왜 직장이란 곳은 처음부터 애사심을 요구할까? 솔직히 애사심이 있어야만 일을 잘하는 것도 아닌데. 무엇보다 이게 애초에 요구한다고 생길 수 있는 감정인가? 연애에 비유해 보자. 서로 천천히 알아가며 호감을 쌓고 데이트도 몇 번 하면서 애정을 쌓다 보면 알아서 사랑이 깊어진다. 일도 그렇다. 직장 분위기에 적응하면서

그래서 그쪽은 저 사랑하시고요?

찬찬히 배워 가다가, 후에 내가 한 일의 정당한 보수까지 받는다면 자연스럽게 직장을 사랑하게 될 것이다. 직장이 날 사랑해 주면 나도 사랑해 줄 수 있다. 그런데 어찌 인력 시장은 그 반대를 요구하며 직장인을 거짓말쟁이로 만드는가.

2018년 직장인을 대상으로 한 잡코리아의 설문 조사를 보았더니, 10명 중 8명은 회사에 출근하기만 하면 무기력해지는 '회사 우울증'을 겪고 있다고 했다. 그 원인을 분석하니 1위가 내 미래에 대한 불확실함, 2위가 회사에 대한 불확실함, 3위가 업무 과다, 기타 불공정한 급여 인상과 상사와의 관계 등이 있었다. 사실 1위와 2위는 비슷한 맥락으로 해석할 수 있다. 회사가 내게 확신을 주지 못하는 것. 믿지 못하는 상대와 누가 미래를 꿈꾸겠는가? 심지어 비전을 보여 주지도 않으면서 뽑아준 것에 감사하라며 거들먹거리기만 한다면 더더욱 답이 없다.

이제는 직업이 꼭 자신의 꿈과 일치할 필요는 없는 시대이다. 그렇기에 많은 인재들이 직장에서 자아실현을 꿈꾸기보단 경력을 쌓을 수 있고 받은 만큼 일할 수 있기를 원한다. 다만 변하지 않고 회사에 원하는 점이 있다면, 회사가 나에게 보여줄 '비전'이 있어야 한다는 것이다. 애사심은 강요한다고 생기는 게 아니다. 회사가 모든 직원들이 원하는 미래를 약속할 수 있을 때 갖지 말래도 알아서 생길 것이다. 자신의 멋진 점은 상대방이 직접 찾아보게 만들자. 주입식 멋짐은 아무짝에 쓸모가 없으니까.

마음에도 없는
'거절 쇼'는 사양하겠습니다

예의상 거절해 본 최초의 기억은 아버지 친구가 용돈을 주셨을 때다. 쫄래쫄래 아버지를 따라간 회사에서 웬 아저씨를 만났는데 '어이구! 아빠를 쏙 빼닮았네'라며 주머니에서 초록 지폐를 꺼내 주려 하셨다. 내가 덥석 손을 내밀고 받으려 하자, 옆에 계시던 아버지께서 손사래를 치면서 그 아저씨를 막았다.

"어이구, 넣어 두셔도 됩니다. 뭘 이런 걸 다."

나는 괜히 민망해져서 마른 손을 뒤춤에 닦는 척했다. 두 분은 한참을 서로 옥신각신하셨다. 그러다가 아저씨는 내 손에 1만 원을 찔러주더니 번개같이 뛰어가셨다.

"다음에는 아저씨한테 꼭 감사하다고 해야 한다. 알았지?"

그러나 그 이후 아저씨를 만나 감사할 일은 애석하게도 없었다. 감사할 타이밍은 딱 그때뿐이었다. 어릴 때는 그게 그들만의 예의라는 걸 몰랐다. 그런데 커 보니 내가 그러고 있다. 누군가 호의를 베풀면 일단 '아이, 넣어둬'라고 말한다. 진짜 넣어 두면 섭섭해 할 거면서 괜히 피곤하게 몇 번 거절하고 나서야 어쩔 수 없다는 듯 받는다. 아버지도 나도 대체 왜 그러는 걸까?

칭찬을 들으면 낯 뜨겁다. 왠지 부정해야 할 것 같다. 누군가 호의를 베풀어오면 부끄럽다. 왠지 거절해야 할 것 같다. 이건 모두 '예의상 거절'이 익숙한 문화권에서 살아오며 형성된 우리의 성격이다. 이 망할 문화의 좋은 점을 억지로라도 찾아보려 했는데, 눈 씻고 찾아봐도 없다. 어떤 놈이 먼저 만들었는지 사실은 호의를 베풀기 싫어서 만든 게 분명하다.

이런 문화권에서 살다 보니 자연스럽게 체득된 게 있다. 바로 '본심'은 숨겨야 한다는 것이다. 좋아 죽겠어도 너무 좋다고 표현하면 안 되고, 싫어도 바로 싫다고 거절하면 안 된다. 결국 그래서 말에 오해가 생긴다. 진심으로 좋다고 말한 건데 내심 다른 뜻을 숨기고 있지 않을까 걱정해야 하고, 정말 싫어서 거절한 건데 사실은 좋으면서 튕기는 거라고 오해한다. 결국 모든 대화의 알고리즘이 꼬이게 된다.

예를 들어 우리는 누가 "당신 잘하시네요. 아주 훌륭하세요"라고 칭찬했을 때 "예, 감사합니다. 저도 제가 잘난 거 알아요"라고 말하면 싸가지 없는 사람이 될 수 있으니 적당히 빼야 한다고 배운다. 웃기다. 나한테 한 칭찬을 내가 그 자리에서 바로 인정해도 잘난 척하는 꼴이 되다니. '예의상 거절' 문화권에서의 모범 답안은 이거다. "아닙니다. 저보다는 그쪽이 더 훌륭하시죠!" 그냥 서로 잘하는 점이나 칭찬할 것이지, 왜 자기 자신을 깎아내리면서 남의 면을 세워줘야 하는지.

예의란 존경과 감사의 표시다. 그러니 상대방이 호의를 표하면 그것에 감동한 만큼 답례하고 마음을 표하는 게 진정한 예의 아닐까. 그 자리에서 진심을 표현하지 않으면 다음이 없을 수 있다. 차라리 내 마음이 얼마나 감사한지 일장 연설을 하면, 호의를 표한 사람이 기분이라도 좋아질 것이다. 뭔가 받으면서도 마음 한구석이 켕기고 분위기를 어색하게 만드는 것이 예의라면 그런 예의는 이제 버리자고 말하고 싶다. 서로 설왕설래하며 맘에도 없는 '거절 쇼'는 그만하자. 제발 호의는 꽉 찬 돌직구로 받고 칭찬에는 열렬한 감사를 표하자. 거절은 마음에 없는 소리가 아니라는 게 모두에게 당연한 날이 온다면 좋겠다.

너 보라고
입는 거 아님

○

고등학생 때 교무실에서 같은 반 친구와 선생님이 대화하는 모습을 보았다. 그 선생님은 다소 화가 난 듯했다. 학생이 '두발 귀밑 15cm' 규정을 모르는 사람처럼, 허리까지 내려오는 주황색의 긴 웨이브 머리를 묶지도 않고서 얌전히 서 있었기 때문이었을까? 선생님과 다르게 학생의 얼굴은 침착하고 당당한 모습이었다.

"선생님, 저는 왜 까맣게 염색을 해야 하는지 모르겠습니다."
"교칙을 위반했으니까, 다시 검은 머리로 염색을 해야지."

"제 머리가 학교생활에 문제가 될까요?"

"머리가 길면 너 그거 신경 쓰느라고 수업 태도 불량해질 게 뻔하고, 또 주변 애들도 너처럼 하고 싶어지니까 온 학교가 알록달록해질 수 있잖아? 학교는 학교다워야지."

"하지만 저는 수업 시간에 한 번도 졸아 본 적 없는걸요. 또, 주변 애들은 왜 염색하면 안 되나요? 머리가 좀 길다고 엇나가는 건 아니잖아요."

"그래도 교칙이잖니. 고작 머리 하나 바꾸는 게 힘드니?"

"그 교칙을 저랑 정하신 건 아니에요. 애들이 원하는 것도 아니고요."

"……."

"그리고 말씀하신 것처럼, 고작 머리잖아요."

그러게, 머리가 길면 다 불량해질까? 내가 학교 입학하기 전부터 있었던 교칙은 도대체 누구랑 합의한 걸까. 나는 제대로 고민해 보지 않았고, 간섭이 귀찮아 교칙에 나를 맞추었다. 고작 머리일 뿐인데, 학교와 학생 중 진짜 유난인 건 학교가 아닐까?

어릴 때부터 교복과 두발 규정으로 당연하게 행해진 간섭은 교복을 벗어도 여전하다. 치마가 짧으면, 바지통이 좁거나 넓으면,

누구 네 의견 물어본 사람?

머리가 짧거나 길면, 혹은 너무 화려하거나 수수하면(어디까지가 화려함이고 어디까지가 수수함인 건지 모르겠지만), 우리는 '생긴 거랑 다르네' 혹은 '생긴 것 같이 노네'라는 얘기를 듣는다. 서로의 내면을 알아 가기보단, 겉모습에 대한 자신의 편견으로 그 사람을 쉽게 규정하고 판단하는 것이다.

물론 상황에 맞는 복식 자체를 부정하는 것은 아니다. 장례식장에는 검은 옷을 입고 가는 게 예의이고, 결혼식장에 갈 때 밝은 옷은 지양해야 한다는 암묵적인 약속은 알고 있다. 타인과 함께 하는 상황이고 그곳이 나를 위한 자리가 아니니, 우리는 '사회적인 상황'에 따라 약속한 복식을 갖춰 입는다. 하지만, 문제는 나의 '개인적인 상황'까지 컨트롤하려는 사람들 때문에 생긴다.

한겨울에 얼어 죽겠어도 코트를 입고 싶은 날이 있고, 내일 당장 빙하기가 온다고 해도 찢어진 청바지를 입고 싶을 수 있다. 여자라도 까슬까슬한 밤송이 머리로 깎아 보고 싶을 수 있고, 남자라도 허리까지 오는 길고 찰랑거리는 머릿결을 갖고 싶을 수 있다. 오늘은 스리피스의 정장에 뾰족구두를 신으며 출근했다가도, 다음 날은 주머니가 여러 개 달린 카고 바지를 너털거리며 길가를 거닐고 싶어질지 모른다. 내가 입은 옷과 공들여 세팅한 머리 스타일. 나라는 사람은 단지 그게 좋을 뿐인데 누군가는 내 행동과 사고방식을 지적한다. '저런 차림을 해서 그런 행동을 하는 거야' '저런 옷은 이런 의도로 입었을 거야' ……마치 당장이라도 내 머리와 옷을 바꾸면 다른 사람이라도 된 듯 구는데, 그 논리대로라면 당신도 스티브 잡스처럼 입을 때 아이폰을 만들 수 있어야 하지 않겠는가?

나의 스타일은 당신을 위한 것이 아니다. 누군가 옷을 어떻게 입었고 어떤 머리를 했느냐가 업무 능률이나 사람의 됨됨이를 결정짓진 않을 것이다. 어느 날 내 머리가 갑자기 초록빛으로 변한다 하더라도, 업무 보고서의 폰트까지 전부 초록색으로 만들겠단 의미가 아니라는 거다. 그냥 초록색이 좋은 것, 그 이상의 의미는 없다. 그러니 과도한 의미 부여는 때려 치우자. 그게 우리를 가끔 기쁘게도 하지만, 종종 괴롭게도 하는 것이니.

투 머치가 왜요? 난 좋은데!

이불 안도
위험해

○

서울에 올라와서 집을 보러 다닐 때, 처음에는 집값에 놀랐고 다음으로는 내 선택지가 좁다는 사실에 놀랐다.

"여학생이라 반지하, 1·2층이나 옥탑방은 위험해요. 흠, 매물은 이 정도가 있네요."

"생각보다 얼마 없네요."

부동산 아주머니는 자기 딸도 대학생이라 그런지 나를 보니 딸 생각이 난다고 했다. 아주머니네 딸은 기숙사에 살아서 걱정이 덜 되는데, 학생은 타지에서 혼자 사니까 위치를 잘 따져 봐야 한다며 여러 유의 사항을 말해 주셨다. 문은 이중으로 닫히는지, 주인은 가까이 사는지, 밖에서 안이 안 보이는지, 골목에 가로등이 몇 개 있는지 등등. 그냥 집 안만 보러 다니면 되는 줄 알았는데 어쩐지 집 바깥이 더 중요했다. 그렇게 가려내다 보니 살 수 있는 곳이 얼마 없었다.

우리는 언제 공포를 느낄까? 턱 밑에 칼끝이 들어오는 극단적인 경험까지 안 가도 된다. 공포는 자유롭게 행동할 수 있는 선택지가 얼마 없을 때도 느낄 수 있다. 예를 들면 나는 전혀 모르는 누군가에게 '안녕'이라는 무신경한 메시지를 받고서, 그 뜬금없는 인사의 맥락을 읽을 수 없었기에 상대에게 어디 사는 누구냐고 물어본 적이 있다. 그는 SNS에 올라온 내 프로필을 보고 계정에서 휴대전화 번호를 알아내 연락했다고 말했다. 그는 내게 친해지고 싶다고 말했지만 나는 그를 차단하고 다신 내 얼굴을 프로필 사진으로 올리지 않았다. 또 술 취한 옆집 사람이 혼자 사는 내 집 도어록을 몇 번이나 다시 누르며 "아 X발, 우리 집이 아니네. 죄애송합니다"라고 투덜대며 되돌아가던 날도, 나는 놀라 숨죽여 주저앉아 '112를 누를까 말까'를 울면서 고민했었다. 그 후로 도어 록 위에 보조키를 달고 집을 나설 때마다 지문이 남지 않게 닦아 대는 습관이 생겼다.

물론 그냥 해프닝일 수도 있다. 누구 하나 다치거나 죽지도 않았다. 하지만 그렇다고 '안심해. 그런 일은 네게 절대 일어나지 않아'라고 말할 수 있을까? 지신에게 일어난 우연한 사건들을 그저 무심히 넘길 수 없을 때 사람은 무력감을 느낀다. 어떤 사람은 다른 이의 단순한 실수가 만든 공포에 떨며 살아간다. 하지만 또 다른 누군가는 그런 걱정을 해 본 일이 없다. 그러니 공감하기 어려울 수 있다. 하지만 자신이 모른다고 가볍게 여길 일은 아니다. 공포가 일상이 된다는 건, 그 사람의 세계가 점점 좁아진다는 말이다. 사회가 모두에게 열려 있기 위해서는 어떠한 공포도 사소한 일로 치부되어서는 안 된다.

그런데 한 번도 집 안팎의 환경에 대해 두려워해 본 적 없는 사람이 이렇게 말한다.

"너 너무 유난이다. 나까지 괜히 의심받는 기분이라 불쾌해."

나는 너만 무서운 게 아니야. '나는 해당하지 않으니까 괜찮다'

는 네 조악한 생각이 모두의 생각이어서, 누군가 조심스럽게 사는 삶이 유난으로 여겨지는 게 무서운 거야. 오늘도 누군가의 활동 반경은 점점 좁아지고 있는데 저런 말을 하는 이들은 그 반대의 상황에 놓인 사람들이 뭐를 무서워하는 건지, 그래서 어떤 것들이 바뀌어야 하는지 아무것도 모르는 것 같다. 이것도 참 무서운 일이다.

꼭 그렇지만은 않아.

농담이
재밌어야 농담이지

○

이런 말을 주변에서, 또는 방송에서 종종 들어 보았을 것이다. '어우, 얼굴을 보니 친구가 아니라 아버지뻘인데'라든지, 결혼한 사람이 이제 막 결혼한 사람한테 '지금은 좋지? 이제 점점 집에 들어가기 싫어질걸?'이라고 말하며 낄낄대거나, 다른 사람의 엉덩이나 가슴을 만지고는 놀란 상대에게 '좀 처져서 올려 준 거야'라는 식의 성희롱성 발언 등. 활자로 옮겨 보니 끔찍하지만, 방송이나 현실에서 꽤 자주 등장하는 말이다. 방송이야 해당 방송을 시청하지 않음으로서 내 의사를 표현할 수 있다. 하지만 현실은 좀 힘들

다들 '예민'하기보단 '예리'해졌죠.

다. 상대방의 말을 듣기 싫어 표정을 굳히고, '그건 좀 심한 말 같아'라고 말하기도 전에 이렇게 말하기 때문. "농담이야! 기분 상한 거 아니지?"

'농담이야.' 이게 무슨 모든 게 정당화되는 마법의 주문도 아니고, 장난을 쳤는데 듣는 사람이 불쾌해 한다면 분명 이유가 있는 것이다. 상대가 예능을 다큐로 받는 게 아니라 애초에 던진 게 예능이 아닐 수 있다는 거다. 주는 즐거움은 없고 받는 상처만 큰 말을 사람들은 종종 농담이라고 포장한다. 이들은 선을 그어도 모르고, 어이가 없어 헛웃음을 친 걸 괜찮다는 신호로 착각한다. 친하다는 것이 막 대해도 된다는 뜻이 아닌데. 차라리 그런 농담으로 웃길 거면 말없이 과묵한 게 낫다. 그래서 나는 다시 이렇게 말한다. "너는 농담일지 몰라도 나는 불쾌해."

그랬더니 "야, 풍자와 해학의 민족 몰라? 네가 너무 융통성 없는 거야"라며 내 탓으로 몰아간다. 그런데 잠깐, 그건 우리 종특이 아니야. 풍자는 너보다 힘센 사람을 비꼬는 거고, 해학은 동정과 공감을 유발해야 한다. 네 입에서 나온 헛소리는 둘 중 아무것도 해당하지 않는다. 초등학교 때 배운 것을 또 한번 가르쳐야 할까? 내가 너보다 윗사람이었다면 그런 말을 쉽게 던졌을까?

이런 썩은 농담을 하는 주체가 우리보다 높거나 힘센 사람인 경우, 그 사람들은 꼭 '요즘 이런 말은 하면 안 되지만'으로 운을 뗀다. 자기들도 안 되는 거 다 알고 있다. (아니, 그걸 알면 하지 말라고!) 권력 관계에서 우위에 있는 자는 그저 상대를 웃겨 보려 한 거라며 그게 폭력인지 몰랐다고 말한다. 아니, 모르는 척한다. 심지어 요즘 애들은 유머 코드가 다르다며 '다들 참 민감하네. 예전에는 잘만 웃었는데'라고 말하기도 한다. 사실 나도 잘만 웃던 '예전 애'였다. 그때는 멋모르고 웃었지만 지금은 아닐 뿐이다. 알고 보니 무지한 만큼 웃을 수 있었던 말이었고, 그 유머 코드는 다른 게 아니라 틀린 거였다.

누군가는 자신이 뱉은 말의 영향력을 일일이 생각해야 한다면 웃음 한 번 짓기, 말 한마디 뱉기 힘들어서 어떡하냐 되물을지도 모르겠다. 그래서 우리는 남을 배려하면서 말하는 사람을 존경하고 높이 사지 않는가. 그러니 말을 유연하게 잘하기 위해 화려한 언변에 얄팍한 기술을 배우기보단 자신이 뱉은 말의 책임을 아는 것, 이거야말로 사람들이 배워야 할 '진짜 처세술'의 시작인 것 같다. 처세술 강의를 연다면 꼭 들어가야 할 원칙. '상대방이 농담으로 받아들여야 농담이다.'

네 잘못은
하나도 괜찮지 않아

"작업 파일 보냈습니다!"

"네."

상대방이 건성으로 대답한 그 순간 바로 알아차려야 했을까. 엊저녁 퇴근하며 보낸 작업물을 다음 날 바로 날려 버릴 거라는 사실을? 며칠간 작업했던 파일을 팀원에게 넘긴 다음 날, 출근하고 보니 한 손에 커피를 들고 내 자리 근처에서 안절부절못하는 직장 동료가 보였다. 매우 불안하다. 저 표정과 과도한 휘핑, 초코 드리즐을 보니 사이즈가 딱 나온다. '이거 마시고 기분 좋아져라. 그만큼 당신을 빡치게 하는 일이 있을 테니까.' 아무래도 이거다.

"나, 어제 받은 작업 파일 날려 버렸어."

예? 지금 뭘 날리셨다고요? 순간 얼굴이 확 구겨지고 욕이 식도를 타고 올라와 턱 밑까지 찬다. 하지만 주변을 보니 쌍욕이 목구멍을 타고 쏙 들어가 버린다.

"화 많이 난 건 아니지?"

참자. 참지만 적당히 화났다는 건 보여 주자. 하지만 이상하게도, 나는 실실 웃으며 입 밖으로 엉뚱한 말을 뱉었다.

"……어쩔 수 없죠. 괜찮아요."

하나도 괜찮지 않은데, 나 도대체 왜 이러는 걸까?

사람들은 잘못을 저지르면 사과해야 한다는 걸 안다. 동시에 상대방의 사과를 받고 '화가 풀리면' 용서해야 한다는 것도 잘 알고 있다. 하지만 가끔 이 명제와 반대로 행동하는 사람들이 있다. '내가 일단 굽히고 사과를 했으니, 넌 당연히 용서를 해야지'라고 생각하며, 자신의 사과를 받아 주지 않는 사람을 오히려 이상하게 몰아간다. 그러니까 용서의 전제란 '화가 풀리면'인데, 단순한 말 한마디에 분노가 사르르 녹기를 바란다.

우리는 친구와 싸우지 않고 사이좋게 지내야 한다고 배웠으며, 화가 나도 일단 참고 감정을 식힌 뒤 대화로 푸는 방법이 가장 좋다고 들어 왔다. 다 좋다. 다 좋은데, 명백한 국지 도발이 벌어져도 화를 가라앉히고, 충분히 이성적 판단이 가능할 때까지 기다리란다. 폐허가 된 전쟁터에서 곰곰이 생각이나 하라는 거다. 그러다 결국 '아무래도 이건 그냥 넘어갈 수 없어!'라는 생각에 따지려고 벌떡 일어나면, 벌써 주변은 평화협정을 맺고 상황을 종료시킨 후다. 그때 화를 내면 혼자 뒷북치는 꼴이 된다. 그렇게 우리는 화낼 타이밍을 놓친다.

사람들은 희로애락이라는 감정에도 선악이 있다고 생각하는 모양이다. 아마 기쁨과 즐거움은 정의의 사도, 노여움과 슬픔은 악의 무리쯤으로 여기는 게 아닐까? 그래서 우리는 노여움과 슬픔을 표현하길 꺼리고, 상대방이 사과를 해 오면 습관처럼 괜찮다고 말한다. '이 문제는 나만 넘어가면 될 일 아닐까?' 생각하며 굳이 악역을 자처하지 않는다. 화를 내는 순간 싸늘해지는 주변의 공기를 감당하기는 두렵기 때문이다.

하지만 모든 것에 괜찮다고 말한다면 내가 나에게 악역이 된다. 네가 한 행동, 하나도 괜찮지 않으니 다음부터는 이런저런 점을 신경 써서 주의해 달라고 분명히 해 둘 필요가 있다. 매일 봐야 하거나 가까운 사람일수록 더 그렇다. 물론 당신이 화를 낼 때 사람들은 불쾌해 할지도 모른다. 다혈질이다, 성격이 더럽다, 비호감이다 같은 말로 그대를 비난할 수도 있다. 하지만 다음부터 똑같은 일은 일어나지 않을 것이다. 일어난다 하더라도, 싫은 일에 싫다고 말할 수 있는 선례가 생긴다. 진정한 사과를 받아 내는 올바른 선례를 만드는 일이라면, 화내는 사람은 더 이상 악역이 아니다. 상황에 따라 무례한 사람들로부터 나를 보호하는 의외의 아군이 되어 줄 수도 있는 것이다.

친구와 아르바이트를 하러 갔다가 처음 참석한 회식 자리에서였다. 술잔이 오가고 새벽까지 길어지는 회식에 지친 내가 고개를 꾸벅이며 졸고 있는데, 갑자기 낯선 손이 날아와 내 머리를 확 하고 오른쪽으로 꺾었다. 뒤통수가 얼얼해지고 순간 번쩍 정신이 든다. 뭐지. 나 지금 맞은 거야? 낮에 인상 좋게 웃었던 상사는 온갖 쌍욕을 퍼부으며 자기를 무시하냐고 소리 질렀다. 나와 친구는 당황했고 그 모습을 본 음식집 사장님이 경찰에 신고했다.

다음 날 아침에 눈을 떴을 때 그 상사로부터 '내가 혹시 무슨 실수했나요?'라는 연락이 와 있었다. 아무래도 때린 사람은 필름이 끊긴 것 같았다. 마치 어제 맞은 게 나 혼자만의 일인 것처럼, 주변은 다 멀쩡하게 돌아갔다. 굳게 마음먹고 경찰서 앞까지 가면서도 몇 번 다시 되돌아왔다. '나만 참으면 되지 않을까?' '그래도 이유 없이 맞은 거잖아'라는 생각이 머릿속을 번갈아 가며 어지럽혔다. 정신없이 고민하며 걷다 보니 어느새 나는 경찰서에서 몇 개의 서류를 적고 있었다. 이럴수록 내가 나를 지켜야 해. 그렇게 다시 마음을 굳게 먹고 담당 형사를 만나 어제 사건에 대해 침착하게 이야기했다.

"그러게 왜 늦게까지 술을 드셨어요."

"네?"

"아무리 친구가 옆에 있어도 그렇지 젊은 여자가 위험하게."

그 형사의 말에 나는 어제 맞은 뒤통수보다 정신이 더 얼얼해짐을 느꼈다.

'때린 놈은 다릴 못 뻗고 자도 맞은 놈은 다릴 뻗고 잔다'는 말은 틀렸다. 맞은 놈은 자기가 맞은 걸 증명하기 위해 다른 사람들을 설득해야 하지만, 때린 놈은? 가만히 있다가 운 좋으면 그냥 넘어가는 거고, 아니면 처벌받는 거고. 딱 거기까지다. 때린 놈은 고소장 날아오기 전까지 아주 편히 자고 있을 것이다. 하지만 맞은 놈은 모든 게 불안하다. 이런 일을 겪었기 때문에 또 일어날 수 있다는, 그리고 다른 사람들이 나를 유난스럽다고 생각하지 않을까 하는 불안감. 맞은 놈은 맞은 데가 아파서가 아니라 불안하고 무서워서 다릴 뻗지 못한다. '내가 그때 조심했다면 그 일은 일어나지 않았을까'라고 끊임없이 되물으며 과거의 장면을 리플레이, 한 번 더 리플레이, 무한대로 리플레이 한다.

우리는, 특히 여자들은 살면서 조심하는 법을 참 많이 배웠다. '너무 짧은 옷은 입지 말 것' 등등. '밤늦게까지 돌아다니지 말 것'

'아무나 쉽게 믿지 말 것' 불행을 피하는 방법도 참 가지각색이다. 이런 예방법은 피해가 생기지 않기 위함이라지만, 뻔뻔한 가해자들은 그걸 책임 전가의 도구로 사용한다. '짧은 옷을 입었기 때문에' '밤늦게까지 돌아다녔기 때문에' '네가 사람을 쉽게 믿었기 때문에'라고 역으로 압박한다. 그런데 가해자만 이렇게 말할까? 실제로 피해자는 가해자보다 제3자에게 이런 말을 더 많이 듣는다고 한다. 걱정이란 이유로 얼기설기 포장해 놓은 말들이 짱돌이 되어 아픈 사람을 또 쥐어박는 격이다.

내게 닥칠 미래를 다 아는 자가 아니라면, 그 누가 '한 치 앞을 모른 죄'를 물을 수 있는가? 당신이 아픈 건 미래를 모른 당신 잘 못이 아니다. 그렇기에 아프다면 충분히 아파하고 위로받아야 한다. 훌훌 털고 일어나는 것은 상처가 아문 뒤, 나중의 일이니까.

혼자라고
양보해야 할
이유는 없다

기차의 창가 자리는 바깥을 볼 수 있어서 좋다. 답답하지 않고, 터널 안과 밖을 오갈 때면 커다란 조이트로프 안에 있는 기분이 든다. 재밌는 영화의 상영 시간은 짧게 느껴지듯, 달리는 기차 안에서 창밖을 볼 때는 이동 시간도 줄어드는 느낌이다. 그 기분을 느끼려고 항상 창가 자리를 예매한다. 그렇게 기차를 타는 날 커피 한 잔을 들고서 미리 예매해 둔 자리로 가면 거기에 이미 사람이…… 음? 아니, 왜 사람이 있지? 순간 당황한 나는 예매한 표를 다시 확인했고, 여기가 몇 호실인지 다시 봤고, 자리 번호까지 비교했다. 그런데 아무리 봐도 여긴 내 자리다. 내 자리에 앉은 사람은 옆 사람과 온갖 법석을 떨다가 어이없어 하는 나를 보고 대화를 멈추더니 상냥하게 말을 건넨다.

"혹시, 이 자리 예매하셨어요?"

하도 뻔뻔해서, 무슨 역무원인 줄 알았다.

"예, 여기 제 자리인데요."
"제가 일행이랑 같이 왔는데, 자리가 좀 떨어져서요. 자리 좀 바꿔 주실 수 있을까요? 제 자리는 저쪽이에요."

그 사람이 가리킨 '저쪽'은 통로 쪽이었다. 뭐 내가 그렇게 착한 사람도 아닐뿐더러, 정중하게 물어봐도 바꿔 줄 생각은 없었다. 거기다가 상대가 너무 당연하다는 태도를 보이니까 기분이 팍 상해 버렸다. 일행이 있으면 꼭 바꿔 줘야 해? 애초에 연석을 잡았어야지. 그런데 만약 내가 안 바꿔 준다면, 나는 이 사람의 일행인 옆사람과 숨 막히는 3시간을 보낼 게 뻔했다. 어쩔 수 없다. 나는 표정을 최대한 구긴 채 떨떠름한 얼굴로 이렇게 말했다.

"네, 거기 앉으세요."
"감사합니다!"

당연히 감사할 것이다. 감사해야 했다. 하지만 네 감사에 뿌듯함을 느끼진 않았다. 내 돈으로 산 자리에서 3시간을 온전히 보냈을 때 나는 가장 뿌듯했을 것이다. 너의 3초, 길어 봐야 10초도 되지 않을 감사는 별로 받고 싶지도 않았고 받을 계획도 없었다. 그렇게 통로석에 앉아 눈을 감고 이어폰을 꽂았다. 시간이 참 더디게 가는 듯했다.

'일행'은 마법 같은 단어다. 다수의 일행이 오면 꼭 재수 없게 가운데 껴 버린 내 자리를 양보해야 할 때가 있고, 혼자서 데면데

면한 일행을 따라서 가기 싫은 회식이나 내기 싫은 돈을 내야 할 때가 많다. 심지어 무리 지을 필요가 없는 도서관 같은 장소에도 항상 일행은 있다. 물론 다수가 다 싫은 건 아니다. 서로의 영역을 침범하지 않으면 상관이 없다. 그저 덩치 큰 개인이라고 생각하면 되니까. 하지만, 그 덩치 큰 개인은 종종 작은 개인의 배려를 당연하게 여긴다. 또 정중하게 제안했기 때문에 자신들은 배려받아 마땅하다고 착각하기도 한다. 그런데 배려는 주는 쪽에서 고민해야 할 것이지, 받는 쪽에서 여부를 결정하는 게 아니다. 그건 배려가 아닌 강요다.

일행이란 단어가 모든 장소에서 이용할 수 있는 프리 패스 티켓이 될 순 없다. 더불어 부탁할 때의 정중함과 공손은 폐를 끼칠 수 있는 사람이 갖춰야 할 기본값일 뿐이다. 들어줄지 말지를 부탁하는 쪽에서 단언해 버리면 어떡하란 말인가. 일행도 흩어지면 결국 낱알 같은 개인이 된다. 집단이라는 이유로 한 개인을 제멋대로 휘두를 권리란 없다. 그러니, 눈치 보지 말고 당당한 개인의 권리를 행사하자. 개인은 집단만큼, 아니 집단보다 더 소중하니까.

세상은
가끔 사과보단
굴복을 원했다

○

부끄러운 말이지만 고등학교 1학년 3월에 모의고사가 있을 때까지, 나는 학생이 수능으로 대학을 가는 건지 몰랐다. 선행 학습의 부족일 수도, 또는 공부는 잘했으면 하지만 딱히 내 진학에는 관심 없는 '알아서 잘해라' 식의 부모님 영향일 수도 있고, 사실은 좀 멍청했던 건지도. 대학생 때도 회사의 직급에 대해 잘 몰랐다. 사원, 대리, 팀장, 과장, 차장, 부장, 이사 어쩌고……. 그렇게 세상에 무지한 상태에서 제일 처음으로 한 사회 경험이 교생 실습이었다.

교생 실습 첫날, 나는 개인 사정으로 오리엔테이션에 참석하지 못했다. 이튿날부터 급하게 간단한 설명을 들었고, 후에는 매일 아침 나를 담당해 주시는 선생님들을 만나 뵀다. 여기서 학교란 조직에 대해 간략히 말하자면 학교도 회사처럼 부서가 있고 그 안에 부원, 기획, 부장 교사가 있다. 그러니까 나의 담당 교과에도 부장 선생님이 있는 것이다. 공교롭게도 나는 이분께 인사드리지 못했다. 계신지 몰랐으니까. 비유하자면 새파랗게 젊은 인턴이 회사에 들어가서 부장님께 인사 한번을 안 드린 거다.

며칠의 시간이 흘렀을까. 아침부터 누군가가 나를 호출했다는 말을 듣고 실습실 안의 창고로 향했다. 문을 열고 들어간 곳에는 처음 보는 선생님이 뒤돌아 서 계셨다. 순간 느꼈다. 내가 뭔가 잘못했구나! 우물쭈물 다가서자, 그분은 뒤돌아서 내게 물었다.

"왜 나를 찾아오지 않았지? 날 무시하는가?"

나는 그때까지도 그분이 누군지 몰랐지만, 멍청해도 눈치는 있었다. 일단 고개를 숙였다. 죄송합니다. 제가 학교가 처음이고, 첫날에 개인 사정으로 결석하여 설명을 듣질 못했습니다. 제 불찰이며, 선생님을 무시하려 한 건 아닙니다. 무엇이든지 시정하겠습니다. 정말 죄송합니다. 그분은 자신을 부장 선생님이라 소개하시면서 개교 이래 이런 교생은 처음이라며 나를 나무라셨다. 정말 없는 쥐구멍을 만들어서라도 숨고 싶었다. 나는 이런 실례를 범하게 됐다는 걸 어떻게든 전달하고 싶어서, 고개를 푹 숙인 채 반성의 말을 반복했다. 하지만 화가 풀리기에는 한참 멀었던 것 같다. 혹은 그가 원하는 반응이 따로 있었거나.

그분이 내 태도를 지적하셨다. 나는 고개를 숙이고 죄송하다고 말했다. 그분이 내가 사회생활 경험이 없다는 점을 지적하셨다. 다시 고개를 숙이고 죄송하다고 말했다. 그분이 내 학벌을 들먹이며 자기가 만만하냐고 지적하셨다. 또 한 번 고개를 숙이고 죄송하다고 말했다. 그분이 복장과 얼굴을 지적하셨다. 이번에도 역시 고개를 숙이고…… 죄송하다고 말했다. 그분이 부모가 가정교육을 어떻게 한 거냐고 지적하셨다. 왜 이런 소리까지 들어야 하는지 화가 나서 울먹거렸다. 죄송하다는 말은 차마 입 밖으로 나오지 않았다.

그런데 갑자기 그분이 환하게 웃으셨다. 그는 내가 사회를 하나도 모르는 게, 꼭 자기 딸 같아서 충고 좀 한 것이라 말했다. 그리고 뭘 이런 일로 울기까지 하냐며 내 어깨를 토닥였고, 참던 눈물이 터져 엉망이 된 나를 일으켜 줬다. 그때 알았다. 이분은 사과보단 다른 걸 원하셨구나. 지적이 점점 나의 잘못과는 멀어지고 인신공격에 가까워졌을 때 좀 더 빨리 알아차렸어야 했는데. 그가 원했던 건 나의 사과가 아니라 굴욕으로 눈물이 차올라 붉으락푸르락해지는 얼굴이었던 것 같다.

지금도 사회에는 그때 그 선생님처럼 사과보단 굴복을 원하는 사람들이 있다. 참 많다.

인간관계에도
핑퐁이 필요해

한때 연예인의 냉장고를 공개하는 TV 프로그램이 있었다. 게스트의 냉장고에는 멀쩡한 재료도 많았지만, 언제 남겼는지 모를 포장 음식, 곰팡이가 피어 부패한 과일, 유통기한이 한참 지난 향신료 등 냉장고 주인조차 '저게 왜 아직 있지'라고 여기는 것들이 그득했다. 그럴 때마다 진행자는 인상을 찡그리며 썩어 버린 것들을 쓰레기통에 내던졌다. 그리고 나는 이 장면이 가장 속 시원했다. 그 방송을 보고 나도 냉장고를 열어 봤는데, 먹을 것들로 빡빡하게 들어찬 듯 보이지만 뒤편으로 갈수록 버려야 할 게 산더미였다. 잘 보면 죄다 '언젠가 한 번은 먹겠지'라고 생각했던 것들. 하지만 그 언젠가는 오지 않았고, 버리자니 아까워 냉장고 한구석을 내줬더니 이놈이 다른 신선한 식품까지 죄다 상하게 만들었다.

생각해 보면 우리의 인간관계도 이것과 다르지 않다. 나에게 무관심한 사람이 언젠가는 나를 진심으로 찾아 줄 거라 여기며, 그들을 관계의 냉장고 가장 뒤편에라도 넣어 둔다. 하지만 그 냉장고 속 절반 이상은 연락하지 않는 관계가 되고, 나머지 절반만 가끔 안부를 주고받으며, 또 그중 절반만을 실제로 만난다. 그렇기에 관계의 냉장고는 항상 가득 차 보이지만, 마음의 허기는 채워지지 않는다.

'우리 한번 만나자.'

이런 직구를 날리면 대개는 반응이 두 가지로 나뉜다. 표현이 서툴러서 내게 연락하지 못했거나, 나와 관계를 이어 나갈 의욕이 없었거나. 전자는 나의 연락을 환영하지만, 후자는 이렇게 말한다. '그래 다음에 한번 보자.' 물론 그 다음이 언제인지는 말해 주지 않는다. 진짜 볼 거였다면 '그 다음'을 정확히 정하든지, 근 시일에 먼저 연락을 주든지, 지금은 만나지 못하는 이유를 말하든지 할 것이다. 물론 내가 먼저 약속을 잡을 수도 있다. 하지만 이런 사람들은 어찌어찌 힘겹게 시간을 맞춰 만나기로 했더니 전날 과하게 놀아서 힘들겠다며 만나기 한 시간 전에 내게 통보하거나, 알고 보니 이중 약속이 되어 있었고, 심하면 아예 연락이 안 된다. (놀랍게도 셋 다 생각보다 흔한 일이다.) 한 번은 그럴 수 있는데 이게 두 번, 세 번, 네 번으로 이어질 때면 정말 다음이 있긴 한 건지 의문이 든다. 더불어 이들이 입버릇처럼 말하는 '요즘 뭐 해' '밥 한번 먹자' '우리 언제 한번 봐야 하는데'도 같은 맥락이다. 어차피 이들은 내가 요즘 뭐 하는지 안 궁금하고, 밥 먹을 생각도 없으며, 언제 한번 볼 생각은 더더욱 없다.

물론 연락처에서 연락 좀 안 하는 사람들을 전부 칼같이 끊어낼 수는 없을 것이다. 다만 식품에는 유통기한이, 운동에는 경기 규칙이 있듯, 건강한 인간관계를 위해서는 관계의 기준을 세울 필요가 있다. 상대방이 나의 꽉 찬 직구를 모른 척하며 볼을 피하기만 한다면, 그 코트를 벗어나 나와 핑퐁을 겨룰 수 있는 사람을 찾는 게 더 현명하지 않을까? 당신의 소중한 시간을 지연시키고, 의도한 헛스윙으로 비매너적 태도를 보이는 상대와는 빠른 작별을 고하자. 당신을 아끼며 랠리Rally, 탁구 등에서 공이 계속 네트를 넘나드는 일를 꾸준히 이어 나갈 수 있는 충분히 멋진 파트너는 분명히 존재할 것이다.

이건 진짜
너만 아는 비밀인데

타인과 유대를 쌓는 쉬운 방법은 비밀을 공유하는 것이다. '이 건 진짜 너만 아는 건데'로 시작하는 말은 듣는 사람을 특별한 사 람으로 만들어 준다. 이 사람의 속 깊은 비밀은 오직 나만 알고 있 다고 생각하면 묘한 우월감이 든다. 그 우월감은 소유욕으로 이어 져 사람 간의 장벽을 쉽게 허문다. 그렇게 비밀 공유는 유대감을 쌓는 좋은 연결 고리가 된다.

하지만 그 연결 고리는 관계를 쉽게 끊어 내기 힘들게 만들기도 한다. 누군가와의 트러블로 인해 단호히 할 말은 해야겠다고 결심했을 때, 가장 먼저 스친 걱정은 내가 상대에게 털어놓은 무수한 입방정(비밀)이었다. 비밀을 매개로 관계를 공고히 할 때는 들떠 있었다. 하지만 영원할 것 같은 관계에도 끝은 있다. 친할 때 서로를 보듬었던 비밀은 돌아서니 날카로운 송곳이 됐고, 우리를 잇던 매끈한 연결 고리는 금세 가시덤불로 변했으며, 나는 가시에 찔리면서도 그 끈을 잡아야만 했다. 누구에게 죄를 물을 수도 없다. 비밀을 비밀이 아니게 만든 것은 바로 나니까.

남들은 몰라야만 하는 사실을 말해 줄 때는 그 사람도 남이란 걸 알아야 한다. 상대방과 친해지려 나의 약점을 어필할 필요는 없다. 어떤 사실을 내가 비밀이라고 이름 붙였을 때는 왜 그것을 남들은 몰라야 하는지 간과하지 말자. 누군가와 좋은 관계가 되는 것만큼 자신을 지키는 것도 중요하다.

유대감이란 약점이라는 목줄보다 서로의 손을 잡아 줄 때 생긴다. 그저 우울할 때 아무것도 묻지 않고 옆에 있어 주고, 기쁠 때 함께 축배를 들어 주는 정도면 충분하다. 굳이 비밀을 공유하지 않아도 우리는 가까워질 수 있다. 충분히, 그럴 수 있다.

넌 딱 보면 이런 사람이야.

사람들은 다 고만고만하거든.

너도 딱 보니까 알겠다.

말을 그만그만하는 게 나은 타입!

온 가족이 오랜만에 고깃집에서 외식을 한 날이었다. 테이블에서 고기를 구워 주던 직원이 동생을 흘끗 보더니, 자기 친척 중에 발달 장애가 있는 사람에 대하여 말하기 시작했다. 그는 그 친척이 언제 장애 진단을 받았고, 그 집 가족이 자식 수발을 드느라 얼마나 힘들었는지에 대해 쉴 새 없이 떠들어댔다. 그 직원이 뜬금없이 그런 말을 꺼낸 건 내 동생이 발달 장애이기 때문이었을 거다. 다 먹고 돌아가는 길에서 나는 '그 사람 너무 말이 많더라. 기분 나빴어'라고 말하며 인상을 찡그렸다. 아버지는 '영업 수완이 좋은 사람일 뿐'이라며 두둔했고, 어머니는 '공감할 만한 얘기를 하고 싶었나 봐, 근데 좀 지나쳤네'라고 덧붙였다. 하지만 저런 건 수완이나 공감대가 될 수 없다. 저건 '무례'다. 우리 가족은 방금 비싼 돈을 주고 무례함을 사 먹었다.

사람들은 종종 잘 알지도 못하면서 아는 척을 한다. 건너건너 들었던 일로 남을 쉽게 위로하며 덧붙이지 않아도 될 말을 덧붙인다. 침묵이 더 좋을 수 있는 순간에도 허전함을 참지 못해 남의 상황을 넘겨짚고 불행을 재단한다. 그리고 그 순간, 내가 상대의 상황을 이해한다고 착각하며 실례를 범하게 된다.

사람은 살면서 한 명분의 경험과 인생밖에 살아가지 못한다.

그래서 우리는 평생 서로 배려하며 살아야 한다고 배우지만, 완전히 상대방을 이해할 수는 없다는 모순에 빠진다. 그 누구도 옆집 이웃이나 다른 성별의 삶을 제 인생과 동시에 살아 볼 수 없다. 그러니 온전히 이해해 볼 수 있는 건 자신뿐이다. 그렇다면 한 점에서 만나지 못하는, 이런 평행선 같은 개인들이 서로 공감하며 살아가려면 어떻게 하는 게 좋을까.

어쩌면 남을 이해하는 가장 좋은 방법은 우리는 사실 서로를 잘 모른다는 걸 인정하는 게 아닐까? 상대방을 단번에 이해할 순 없어도, 눈에 보이는 상황과 내 감정은 분명히 알 수 있다. 때문에 상대방에 대한 정보가 거의 없을 땐 상대가 바랄 것 같은 말을 하는 것보다 내가 듣기 싫은 말을 남에게 하지 않는 게 최고의 배려다.

앞의 상황을 예시로 들겠다. 고깃집 사장님 입장에서 손님과 공감대를 형성하고 싶다면 우리 가게가 방송에도 나온 집이며, 고기가 얼마나 맛있는지, 다른 가게와 차별화되는 점이 뭔지 정도는 좋은 정보가 될 것이다. 손님들은 자신의 식당 고르는 안목이 꽤 괜찮다는 생각과 함께 앞으로 나올 요리가 얼마나 근사할지 작은 기대를 할 수도 있겠다. 반대로 듣기 싫은 말은 고기 굽는 것과 상관없는, 그 외의 모든 말이 될 수 있다. 발달 장애인을 키우는 게 얼마나 힘든지는 온전히 당사자만 아는 사실이다. 실제로 그것이 힘든지 기쁜지 상대가 말하기 전에 굳이 언급할 필요가 있을까? 설사 힘들다고 하여도 그것을 위로받기 위해 친구나 병원이 아닌 고깃집을 가지는 않을 것이다.

'내가 잘 아는 건 나다' '나는 상대방을 잘 모른다'라는 상반되는 두 명제는 내가 어떤 말을 하고, 어떤 말을 하지 말아야 할지를 분명하게 해 준다. 눈앞의 상황만 보고 단편적인 위로를 건네기보단, 보이는 상황도 보이지 않는 것처럼 대하자. 상대는 그 배려에 고마움을 느끼지 않을까.

끓는 물속의
개구리를 기억해

집 건너편에서 공사가 진행되느라 며칠 동안 집이 계속 흔들렸다. 마치 지진이라도 난 듯이 꽤 심하게 요동쳐서 첫째 날은 무서웠고, 둘째 날은 설마 무너지겠나 싶었으며, 셋째 날은 일상생활이 무난하게 될 정도로 덤덤해졌다. 알 수 없는 공사가 끝나고 며칠쯤 조용했을까? 주말 오전에 또 갑자기 집이 미약하게 흔들리는 것이다. '무슨 공사를 쉬지도 않고 하나? 그래도 저번보단 덜 흔들리네' 생각하며 거실 소파에 누워 읽던 책을 마저 읽었다. 그날 저녁, 그 진동이 공사 때문이 아니란 걸 알게 됐다.

물론 '아직'은 터지기 전이니까요.

"오전에 이 근처에서 지진 났다더라."

나는 그게 지진인지 몰랐다. 공사 내내 집이 계속 흔들렸으니 당연히 공사인 줄 알았지. 아무래도 이 집에는 문제가 있는 게 분명하다. 하지만 그것보다 더 큰 문제는 내가 그 문제에 익숙해져 버렸다는 것이다.

집은 편안해야 한다. 난파선같이 이리저리 흔들리는 것이 아니라 굳건히 한 자리에서 인간을 품어야 하며, 바깥에서 사는 것보다 쾌적하고 안전해야 한다. 사회가 처음 구성됐을 때 사람들이 기대한 것도 이런 게 아니었을까. 더 나은 삶을 위해서 만든 것이지, 불안하기 위해 만든 건 아니기에. 자유와 권리를 보장받기 위해 우리는 뭉쳤다. 하지만 실제는 온갖 차별과 불평등, 역류하는 혐오, 그리고 마땅히 처벌받아야 할 사람들은 멀쩡하게 돌아다니는 현실이다. 사회는 불안하게 흔들리는데, 설상가상으로 우리는 거기에 익숙해지는 중이다. 하루하루 불안한 침대 위에서 잠을 자고 있다.

누군가 그랬다. 세상은 항상 불공평했다고. 어느 시절이나 낮은 계급은 착취를 당했고 서로 간의 증오는 범람했으며, 유전무죄 무전유죄였다고 했다. 틀린 말은 아니다. 세상은 달라지지 않았고,

언제나 문제는 있었으며, 우리가 말한다고 무언가 바뀌지도 않으니 오버하지 말고 살던 대로 살면 된다. 그런데 직접 피해받은 것이 없으니 참고, 으레 그런 문제는 있어 왔으니 참는다면, 그 끝은 어디를 향할까.

물이 담긴 냄비 속에 든 개구리가 있다. 끓는 물속에서 서서히 죽어 간 개구리도 계속 견디기만 했다. 점점 뜨거워지는 물에 적응하며, 흔들리는 집을 당연하다 여기며, 부당한 세상은 바뀌지 않을 거라면서 참았다.

커다란 재해는 대부분 안전 불감증에서 비롯된다. 자연재해뿐만이 아니다. 다양한 사회적 문제도 마찬가지다. 그러니 우리, 끓는 물속에서 죽어 간 개구리가 되고 싶지 않다면 생의 감각을 날카롭게 세우자. 살기 위해서 목소리를 높이자. 휘청이는 세상을 당연히 여기지 않을 때 문제는 해결된다. 익숙해질 때마다 기억하자. 개구리는 끓는 물에서 뛰쳐나오든, 불을 꺼 버리든, 살기 위해서 뭐라도 시도했어야 했다는 것을.

당신의 마음을 구조하는, 혼자서도 가능한 응급처치법

여기까지 달려온 당신에게 심심한 감사를 보내며,
위기에 처한 마음을 구조하는 응급처치법을 소개한다.

① 먼저, 당신의 마음이 위기에 빠졌음을 인식하라.

숨 막히는 사회에서 지치지 않은 사람은 없다.
마음의 상태를 아는 것이 치료의 시작이다.

② 지치고 놀란 당신의 마음을 진정시킬 수 있도록 하자.

당신의 주변에 당신이 좋아하는 것을 두면 된다.
좋아하는 음악, 장소, 뭐든 좋다.

③ 차가워진 마음을 따뜻하게 덥혀 주어도 좋다.

따뜻한 차 한잔 마시며 아무 생각도 하지 말자.
뭉친 당신의 마음을 풀어 줄 것이다.

④ 타인이라는 약에 중독되지 말자.

사람에게 지나친 의존은 금물.
적절히 쓰이지 못하면 독이 되는 경우도 잦다.

⑤ 증상이 너무 심하다면, 지체 없이 이 책을 다시 펼쳐 들 것.

나다운 걸 내가 정할 때, 생채기 난 마음은 절로 낫는다.
그렇게 마음먹을 수 있으니까.

세상의 편견에 앓고 있는 당신의 마음이
하루빨리 쾌유하기를 바란다.